還我青春火樣紅

www.cosmosbooks.com.hk

書　　名　還我青春火樣紅
作　　者　蔡　瀾
封面及內文插畫　蘇美璐
責任編輯　吳惠芬
美術編輯　楊曉林
出　　版　天地圖書有限公司
香港皇后大道東109-115號
智群商業中心15字樓（總寫字樓）
電話：2528 3671　傳真：2865 2609
香港灣仔莊士敦道30號地庫／1樓（門市部）
電話：2865 0708　傳真：2861 1541
印　　刷　亨泰印刷有限公司
香港柴灣利眾街德景工業大廈10字樓
電話：2896 3687　傳真：2558 1902
發　　行　香港聯合書刊物流有限公司
香港新界大埔汀麗路36號中華商務印刷大廈3字樓
電話：2150 2100　傳真：2407 3062
初版日期　2019年2月
三版日期　2019年2月

ISBN 978-988-8547-37-1

目錄

兩個約會

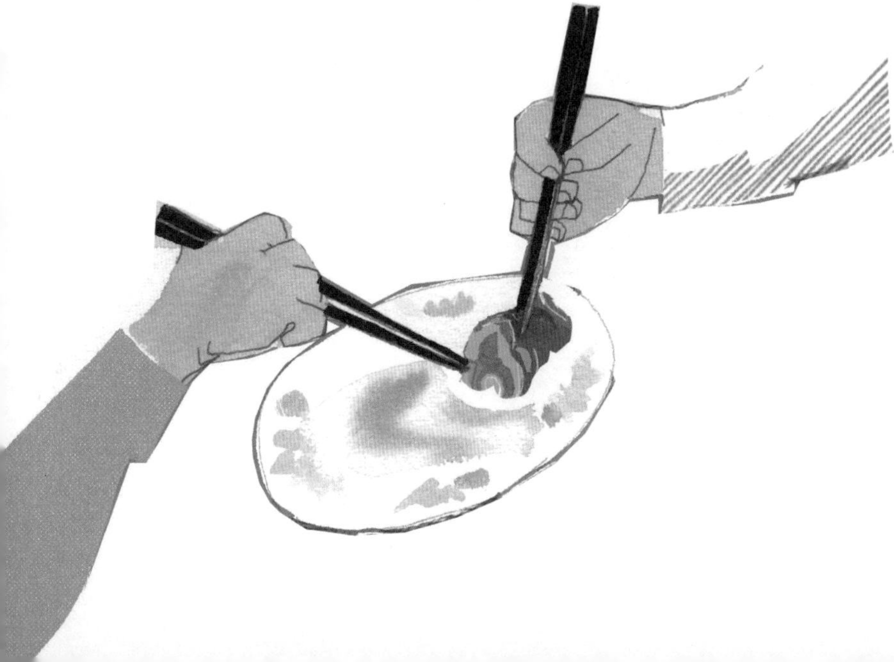

吃的情趣

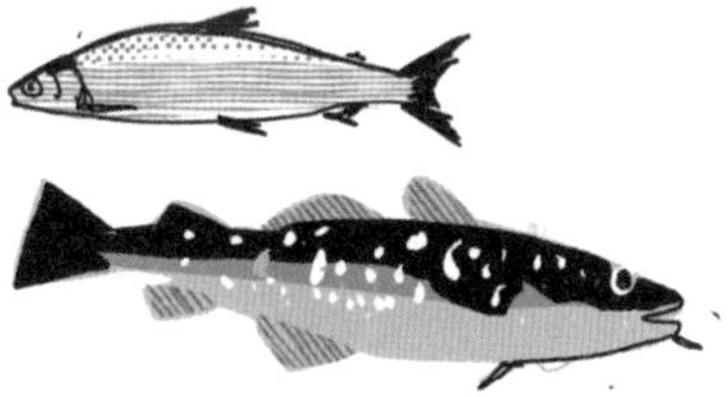

十大電影

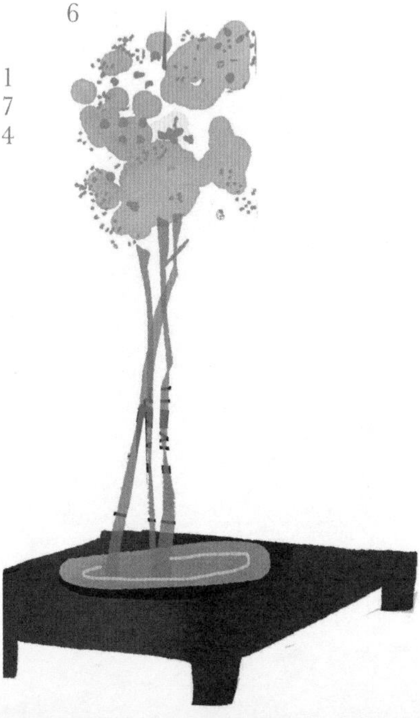

兩個約會

去倫敦吧

還想去哪裏呢？馬丘比丘、伊瓜蘇瀑布都已到過，也沒那種體力去爬上爬下了。想去的地方，不是風景，第一件想到的只是吃吃喝喝。

到倫敦吧。甚麼？友人說，英國食物最差了，不如法國或意大利。這是大錯特錯，在倫敦的，當今甚麼美食都有，一家家去吃，一年後還有不同的餐廳。

黎明的飛機從機場到Savoy酒店下榻：衝進餐廳去吃個傳說的Eggs Benedict，這是其他城市享受不到的美食，人生必食的早餐之一。

接着到St. John去吃豬肉，從頭吃到尾，任何部位都做得出色，別叫牛肉了。牛的話只能吃骨頭，他們做的牛骨髓是一流的。

不吃英國餐改吃印度餐吧，全球最好的印度餐廳不在印度，而是在倫敦，吃過Talli Joe, Gymkhana和The Cinnamon Club之後，你才知道為甚麼他們做得比印度更好。

飽了，就可以購物了，倫敦有你想到甚麼，就有甚麼東西的專門店，當今對我來說，是手杖。

而手杖店最古老最齊全的當然是James Smith & Sons，這家人是賣雨傘起家的，當今還能在那裏買到最堅固耐用的雨傘，買一把就能用一生人，壞了會免費修理。倫敦霧多雨多，這種工具當然做得最精美，任何款式都有，一走進去可以欣賞一整天。

這家人賣的高貴手杖選擇最多，如果你想買一根銀製手把送給父母，不作他選。

MARKET
HITFIELD 9
RY POTTER

SAVOY
RDL
James Smith & Sons
PAX
James Smith & Sons

古老手杖還有一家以古典手杖為店名的Classic Canes，在Jermyn Street，街口立着一尊Beau Brummell的銅像，他是十七世紀的一個公子哥兒，最會穿衣服了。這家店裏甚麼樣的手杖都齊全，分城市用的、鄉村用的、宴會用的，還有各種懷舊收藏用的古董貨物，看得令人眼花繚亂。

St James's Street Davidoff 不但賣雪茄，他們收藏的手杖也值得一看，別只是在櫥窗欣賞，走了進去，要是遇到店主 Edward Sahakian的話，他介紹的更詳盡，不然他的手下也很會招呼客人。

手杖不是每位讀者都感興趣，還是談回吃好了，有甚麼好過去有皇家徽章的商店呢？Fortnum & Mason，這家老店一七〇七年創業，專賣茶葉和各類食品，你知道甚麼叫蘇格蘭蛋嗎？那是把一顆蛋煮熟後用臘腸肉包着，撒上麵包糠再炸出來的玩意兒，合不合自己的胃口是另外一回事，但總得吃這道經典名菜。可以在店裏的Diamond Jubilee Tea Salon叫來試試。

大家都説法國的芝士種類最多，最好吃，但是英國芝士也不輸給他們，當今被中國人叫為「博羅市場」的Borough Market裏就有多家Heritage Cheese、The Ham and Cheese Company、Jumi Cheese等等，甚麼樣的芝士都有。喜歡吃芝士的人會愛上臭的，就要找越臭越厲害，看到名字帶着臭的「臭教士Stinking Bishop」就買，其實沒那麼臭，名字嚇人而已。

有皇家徽章的芝士舖叫Paxton & Whitfield，一七九七年創立，他們有個芝士學院的組織，讓愛芝士的人交換意見，如果你不會覺得不好意思的話，那麼走進店裏試吃好了，全部免費，有一種科斯嘉島的芝士，用母羊ewe奶做的，味道最特別了。

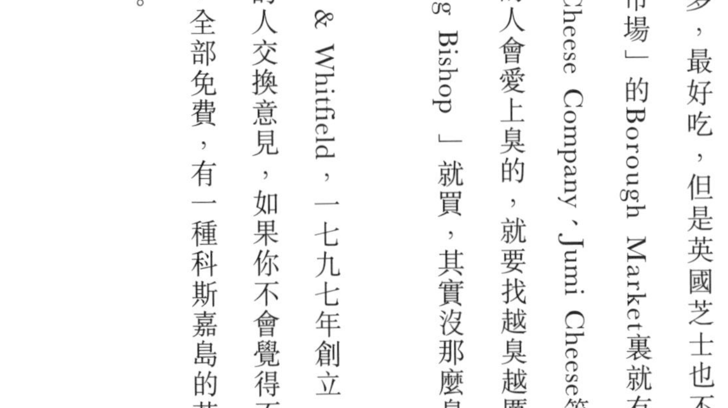

當然不只是吃，最值得一去再去的是大英博物館，是全球最古老的，陳列着六百萬件古物，多數是在英國最強盛的年代，由各殖民地搶奪回來，埃及的古物最多，其中有一座中國隋朝的佛像，公元五百八十五年做的。

國家畫廊當然不能錯過，但國家肖像畫廊更值得看，從各種人像中看到他們的髮型、服裝、衣帽和鞋子，學服裝設計的人應該至少在那裏浸淫幾個月。

基礎打好了，再去抽象好了，倫敦的TATE摩登美術館裏可以找到各類的現代美術品，值得看的還是十八世紀的便器，叫為「噴泉」Fountain，另外一幅叫「出浴」The Bath，也是十八世紀，還有羅丹的一吻「The Kiss」都是當年的摩登。

其他博物院有TATE Britain、Natural History Museum、Science

Museum等等，但是非去不可的是大英圖書館，去了之後，其他圖書館都不必看了。

喜歡歌劇的人一定要去West End，去那裏還可以看到《歌聲魅影Phantom of the Opera》的演出，雖然它已在世界各國巡迴表演，但最尖端的原班人馬還是要在倫敦看。在網上預購門票好了，也不貴，普通座位每張只要二十六英鎊。

《Les Misérables》還在上，《Chicago》也是，美國的《42nd Street》搬到倫敦來，如果你還是米高積遜的迷，那麼別錯過《Thriller-Live》，另有一齣永恒的，一表演就表演了六十年，沒有停過的阿嘉達．克麗斯汀的《老鼠陷阱The Mousetrap》百看不厭。

去倫敦吧！

新瀉水蜜桃

又到水蜜桃季節，今年豐收，個個又肥又大，但是水蜜桃這種水果，如果不是親身嘗到，就不知道有多甜美了。

以往我們每年都去被譽為日本最好的岡山去吃，但那邊的配套不完善，旅館和吃都不理想，之後便少去了。去年到過新瀉去吃，味道甚佳，不如再走一回。

到了東京先住銀座的半島酒店一晚，去「麤皮Aragawa」吃最好的牛扒，已開了五十年的小店，一直保持水準。最初很難了解，久了才知它的可貴，肉質當然是用最好的三田牛，奇在燒法，一般的牛扒店只分生、半生熟至全熟三種，它一個全生的等級，叫為藍色Blue。愛吃韃靼生牛肉的人可發達了，這家人的Blue也分幾種，其他半生熟和全熟分得更多，總共有二三十等級，總之燒到你滿意為止，所以說要去得多，方了解他們的用心，一去再去。店裏的紅酒，是日本藏得最多的一家。

前菜有三文魚，大家以為我不吃，其實三文魚之中，只有一種叫「幻鮭」的，只在阿寒湖最冰冷的底部偶爾出沒，故以「幻」稱之。此魚極為肥美，也沒有普通三文難聞之氣息，煙燻之後有獨特的幽香，每一口都充滿魚油，如果見到了非嘗不可，但刺身還是免了。

別以為新潟很遠，原來從東京站出發，乘新幹線到新潟的「越後湯淺」站下車，只要一個小時十五分鐘。但新幹線的缺點是只可帶隨身行李，我們那些大件的另僱貨車，未到達旅館已送進房中。

直奔我認為全日本最好的生魚店「龍壽司」，這次佐藤師傅準備了

產量極稀少的「由良海膽」，金黃色一小片一小片，但味極美，是海膽之中的王者，「山由丸水產」兵庫縣洲本市三丁目由富田供應，才是正宗，吃個不亦樂乎。

飯後到我喜愛的「八海山」酒廠，這裏有個長年不化的冰庫，一般的日本酒只能貯藏一年，這裏可達十年以上。

八海山在二〇一八年八月八日入瓶的新酒，為隆重其事，叫我替他們用行書題了一個「福」字，我試了一口，味道特佳，今後會運到香港，在Citysuper出售。

接着到小千谷去買布料和看錦鯉，原來新潟的錦鯉聞名於世，養魚專家老遠跑來這裏購買或觀賞，我則獨自跑去一家叫「里山十帖」的旅館視察，是間配合了舊與新的特色建築，得獎無數，吃的是用雪山直湧的地下水，加上無機栽培的各種蔬菜和山中野菜，以及全天然、絕不用人工調味品的大餐，名叫「早苗饗Sanaburi」，再加上當地殖養的牛肉和佐渡島運來的海鮮，是極品的餐宴。明年農曆新年，就決定來這裏靜養兩天了。

回到下榻的「華鳳」旅館，美奐美輪，第一次來到的客人一定會喜歡那種每一間房都有私人溫泉池的享受，從窗口望去的一片一望無際的稻田，入眼的都是金黃的稻米，在秋天豐收季節更是美不勝收。我另外組織了一團親子團也住這裏，讓大家帶着小孩子體驗「粒粒皆辛苦」的耕田過程，加上各種捕魚、野餐的節目，很受歡迎。這種團一年四季都可進行，有二十人以上就隨時能成團了，有興趣的人可以直接向我的公司「蔡瀾旅遊」詢問：info@bobotravel.com.hk，預算方面，看餸吃飯，可以商討。

翌日，我們再次去到「玉川堂」參觀，這家供應日本天皇的銅器舖

子已有上百年歷史，大家可以看到怎麼由一片銅打造成各種花瓶和飲食器具，我最喜歡的是一個大銅壺，據說燒出的水特別好喝。這個銅壺完全沒有駁口，有西瓜般大，要賣到五十萬日円一個，如果壺嘴不是一片銅而是駁上去的話，就不必花那麼多天打出來，價錢也便宜得多了。

接着去一家叫「鍋屋」的百年老店去吃「山瑞火鍋」，湯極甜，不遜京都的「大市」，又請了藝伎來助興，可惜這回喝酒的人不多。

翌日一早就去採水蜜桃，從前在岡山的都是早上採後我們到了果園才拿出來吃，這次是真正地從樹上摘，投入冰水的大桶中浸涼，這次吃的真是我一生人之中嘗到最甜最多汁的水蜜桃，多說無用，吃過的人都同意。

歸東京，去一家新開的北歐餐館，叫「Inua」，就開在角川書店的大廈裏面，是「Noma」大廚Thomas Frebel用日本的食材，加上

北歐的方式料理出來的一部簇新的飲食經驗，很值得推薦。網址：booking@inua.jp

臨上飛機之前，吃餐簡單的，到東京鐵塔附近的「東京芝豆腐屋Ukai」，大家都想不到在鬧市之中有那麼清靜的地方，雖說是豆腐屋，但也有魚有肉，吃個大飽。這次旅行，是相當完美的。網址：https://www.ukai.co.jp/ct/shiba

澳門大倉酒店

十多二十年前，澳門只有一家比較像樣的酒店，就是在碼頭附近的「文華」。當今賭場林立，酒店的選擇多得不得了，甚麼名牌都有，但是如今到澳門過夜，首選的還是開在銀河集團裏面的「大倉Okura」。

七八年前，當其他酒店，不管是甚麼大牌，都沒有噴水沖廁時，大倉已有此設備；當今連大陸的五星級也開始出現，澳門也還是只有寥寥數家。

和其他酒店比較，大倉是最少遊客入住的旅館之一，因為大家都忙着衝入賭場，沒想到去細細欣賞它的服務，一旦住宿，才會發現它的好

處。

Okura在日本是一個響噹噹的名字，早期東京的最高級酒店，也只有「帝國」和「Okura」。

澳門大倉不算大，四百多間房而已，卻擁有一群服務周到的職員，多數是從日本來的，穿着粉紅色的和服是它的象徵，而領導着這群女侍者的是資深經理梁佩茵，英文名Gloria，她從開業做到現在，對客人無微不至，實在是一位不可多得的人才，有任何大大小小的要求，都可以找她辦到。

房間方面，陳設不算是豪華奢侈，但依照日本人傳統，非常之乾淨。我們到日本旅行去不厭，乾淨是一個很重要的因素，能夠在澳門的大倉找到，也是不易。有些酒店不到幾年已經有殘舊的感覺，這裏和第一天開業一模一樣。

世界上所有的大倉酒店裏面，一定開設着他們傳統的日本料理「山里Yamazato」，而最正宗的除日本本土以外，就是澳門這家了，香港也沒有。

入住之後，晚上來吃一個寧靜豐富的懷石料理，是我到澳門的最大的享受，今夜大廚為我準備的「特別全席獻立」的第一道菜叫「先付」，是我們所謂的前菜，用一個黑漆盤子盛着以下諸物：小碗裝京都的腐皮，上面鋪了海膽、生山葵和三葉，另有「鬼燈卷」，是用了「蕗之薹Fukinotou」的殼當成燈籠的一種裝設，裏面裝有酒煮番茄、芋頭的田樂燒。另有充滿魚卵的鮎魚、酒蒸鮑魚、甜番薯、鱧魚壽司和茗荷等等。裝設品是用快刀削出蘿蔔薄片，上面染了少許的紅色，捲成一團，裏面生了火當成燈籠，簡直是藝術品。

第二道的「煮物椀」，煮着甘鯛魚、銀杏、冬瓜、

三葉、紅蘿蔔和松葉柚子，加了一小小片的松茸，其香味已濃過一大捧的劣品，但這道菜主要是用來欣賞那個漆器的「椀」，蓋子一打開，內蓋繪着精美的松樹和小鳥的圖案，當年乘JAL從美國飛日本時，就用這種餐具，令乘客對日本文化感到驚訝。

第三道的「向付」，用一張新鮮的大荷葉為盆，裏面的一小塊日本海的「本鮪」，和印度洋或西班牙的Toro不同就是不同，也不必點調味品，醬油結成啫喱狀，另有茗荷的花，八爪魚刺身上面鋪着酸梅。

第四道是「烤物」，烤的是梭子魚，用寫着日本書法的陶碟子盛着，配上還沒有變紅的綠色楓葉裝飾，表示秋天將快來到。

第五道「合肴」，有稻庭烏冬、北海道毛蟹一大塊腿肉，上面有「髮文字葱」，是一種葱絲的做法，切得像古代女人的假髮般幼，另有海帶做襯托。

第六道「變皿」，用京都加茂茄子和豐後牛包的鳴門卷，用醋和大蒜調味。

第七道「食事」，一向山里的大師傅會炊一大陶碟的有味飯，用新潟米加上各種蔬菜、菰菌或肉類一塊煮成，但今晚是山藥和鮪魚當菜，反而沒那麼美味，配飯的當然也有味噌湯和泡菜。

最後是水果，有靜岡蜜瓜、宮崎芒果、熊本西瓜、愛知縣的黃金奇異果和岡山的瑪斯卡特葡萄。

最後的最後，是安倍川的蕨餅。

這一頓賣多少錢？

葡幣二千。

合理呀。

你會發現，所有好的日本料理，價錢都是合理的，那些亂七八糟的

假日本刺身店才會斬客。日本高級食府當然是貴的，材料、餐具都貴嘛，熟客會知道是合理的，好餐廳有他們的自傲，絕對不會亂開價。

很可惜地，因為會欣賞的客人不多，澳門大倉有許多設施都在縮小，從前很多清酒專門店酒吧也都消失了，山里的面積也沒從前那麼大。

在入口的那一層有間日本甜品店，雖然甚受年輕客人歡迎，但為甚麼不開加上日式的「洋食」呢？

大倉最著名的是他們的法國多士French Toast，用最古老的方法做出來，沾滿了蜜液，吃進嘴裏每一口都像絲綢般細膩，啖啖都像蜜糖，那種美味，沒有親自試過是不知道的，為甚麼不把這種傳統搬到澳門來呢？

日本「洋食」還有各類食譜，像香甜的咖喱飯、像蛋包飯、炸豬扒等等等等，絕對會讓人吃上癮，絕對有生意做的。

地址：澳門路氹城蓮花海濱大馬路

電話：+853-8883-8883

兩個約會

在二〇一八年十月五日，我又飛到青島，這次有兩個約會，一個是在青島出版社大廈裏面開行草展，另一個是十月螃蟹最肥，和李茗茗約好去吃生腌蟹。

早上的港龍，下午一點多抵達，兩個半小時的飛行，一點也不辛苦，我的書的編輯賀林來接機，直接到出版社去看書法展的準備，九千多呎的展場，一共有兩層，負責展出的是杜國營，他對我的書法裝裱和佈置已有了經驗，這回很輕鬆地辦完。

連同蘇美璐的插圖原作，一共有一百多幅，杜國營問我有甚麼改動

的地方？我搖搖頭，和他合作，真的有「你辦事我放心」的關係了。

看完已經接近下午三點了，中餐就在出版社大廈裏面的ＢＣ美食店吃，董事長孟鳴飛和他手下的大將都來了，見到面格外高興。這回展出全靠他們的支持才能辦成，集團董事會秘書馬琪知我所好，已將青島啤酒的原漿買來，我一看即說：「晚飯不如取消了吧，這麼一來喝啤酒才能喝得痛快。」

咕、咕、咕、咕，原漿啤酒鯨飲，下酒的是蠣蝦，個頭不大，但味道極鮮美，深得青島人寵愛。另有海鱸，用淡鹽水腌漬，肚皮朝下擺，用石板壓住，腌個七八天，發酵後有古怪味道，是令人吃上癮的主要原因。

除了啤酒，另有嶗山百花蛇草水，有些人一聽名字即嚇得臉青，說是天下最難喝的飲料！真是外行，蛇草與蛇的關係只是草上的露水，白花蛇特別喜舔而已，本身一點異味也沒有，冷凍後更是好喝，另有解酒清熱的功效。

「BC美食」地址：青島市海爾路182號

電話：+86-532-6806-8078

喝個大醉，入住香格里拉，以為倒頭即睡，那知書店方面拿來了七百多本書要我簽，勉為其難照辦。和編輯賀林商談，想出個新辦法，那就是以後把內頁寄到香港，簽完夾在書中裝訂，何樂不為？

接下來那幾天早餐都在酒店吃，那些莫名其妙的歐美或仿日式的自助餐實在難於嚥喉。一直不明白酒店的早餐為甚麼不能加當地特色呢？這是外地人最想吃的呀，來些山東大包或各種餡料的水餃，還有涼粉，那該有多好吃呀！

十月六日，上午九時，在青島出版大廈一樓大廳舉行簡單的開幕，

這是我要求的，我最怕甚麼隆重的儀式，最好是甚麼儀式都沒有。

儀式完畢後集團董事長孟鳴飛親自交來聘書乙份，請我當文化顧問，我一向對甚麼甚麼顧問不感興趣，但這份工作，我會很用心地把它做好。不然對不起孟鳴飛兄的友誼。

還是談吃的吧，當天中午去了一家叫「銘家小院」的館子，出名的小菜很多，留下印象的還是「涼粉」。我對青島的涼粉印象極佳，每餐必食，而且每家餐廳的調料都不同，吃出癮來。涼粉是選用海底生長的石花菜，晾乾後小火煮三小時，把石花菜的膠質熬出，自然冷卻結凍，再淋上等的老醋；若用意大利古董醋，味道也應該不錯。

最特別的還是「脂渣」，這就是我們叫的豬油渣了，不過青島人把豬油切得又長又大，炸後縮小，也有大雪茄般粗，拿來下酒一流。

印象深的還有「遼寧南果梨」，個頭不大，樣子也不出色，但一聞有陣幽香，咬了一口，像水蜜桃，極可口，是我第一次吃到的。

地址：青島市嶗山區燕嶺路

電話：+86-532-6872-1919

吃完回到展場，接受各媒體訪問，還有在書和海報及各種衍生品上替讀者簽上名字，賣得特別好的，是這次青島出版社為我出的書法精裝《草草不工》。

到了晚上，重頭戲來了，青島新華書店董事長李茗茗特地從萊州運來當天腌得最合時、最成熟的野生梭子蟹，選的是活着的「火蟟蟹」，餓它兩天，用鹽水浸泡，這時口渴的蟹，喝的鹽水流滿全身，放進罈子封口浸兩天再拿到我們飯桌上，那麼大的蟹一人一隻，吃進口也不覺得太鹹，肉反而有甜味，我一隻不夠，吃足兩隻，才對得起它。

地點在當地的老牌子「老船夫」，招牌不管客人認不認得出，用草

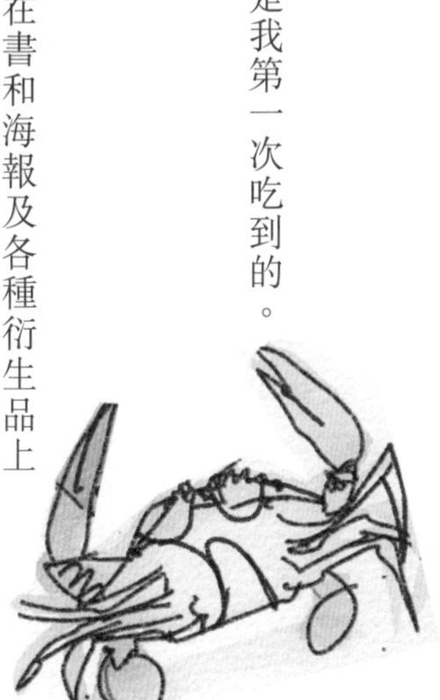

書寫了一個「老」字，店裏名菜很多，海鮮為主，但可能我已不能吃太硬的東西，發現「青島船夫大海螺」的螺真是比我老了，「溫拌活海參」也硬，「土雞燒鮑魚」兩者都咬不動。

反而是最不豪華奢侈的「撈汁茭瓜絲」精彩，用本地茭瓜，學名西葫蘆刨絲，店裏特製的蜜汁調味而成，可獨自吃兩碟。「醬椒鯊魚肚」也很特別，「海膽黑豬肉水餃」便遜色，海膽這種食材一熟了就不特別。

地址：青島市嶗山區東海東路60號

電話：+86-532-8283-3333

在青島的第三天，一大早去看古董，叫「昌樂路文化市場」，友人說當今擺的假貨居多，怕你看不上眼，我回答一點關係也沒有，真古董我也買不起，主要的是去感染一下當地藝術市場的氣氛。

街兩旁都擺滿露天小檔，裏面有古玩及文房四寶舖子，更有一個古玩地舖廣場，賣的東西，葫蘆甚多，大大小小，有些還是一連串，好玩得緊。更多買賣是核桃核，這兩顆拿在手上把玩的東西，想不到還能玩出火來，最貴的價錢令人咋舌。中國人更拿手的是為物品取名，把核桃核叫為「猴頭」、「四座樓」、「官帽」等等。

到處詢問有沒有古董手杖，見到的都是次貨，老頭子笑說：「你手上那根已經夠好了。」

又回到書法展現場去，在青島的時間不多，盡量在展場中出現，與前來參觀的人交談，展出之前在網上發了照片，已有多人打電話訂購，加上在現場賣的，銷了不少。

最多人買的是那幅「帶雨有時種竹，關門無事鋤花，拈筆閒刪舊句，汲泉幾試新茶。」寫了又寫，賣了又賣。放在館中央的「只恐夜

深花睡去」也給廣州的一位愛好者打電話來買去。還有多人訂購「好吃」、「好味」等，我想一定是食肆老闆買的；如果要題上餐廳名得加錢，單單這兩字就便宜了，他們算得很精，不過各位看到沒有上款的千萬別以為是我在讚揚味道好。

中午去一家叫「怡情樓」的，由兩姊妹所創的品牌，已有二十五年歷史，算是站得很穩的了。

吃了一道非常特別的菜叫「海蜇裡子炒膠州白菜」，所謂裡子就是內層，像個西裝，外面綿質，內層絲質的就是裡子。要把海蜇的內層剝出來極為不易，它是海蜇最好吃的部份，清脆爽口，吃起來有點豬肉的味道，故亦稱「海裏的瘦肉」，燉了白菜呈乳白，色香味俱佳。

「怡情熱豬手」是店裏做了二十多年的看家菜，我每遇到豬手豬腳，必問廚師怎麼去掉磨砂似的細毛，這家人老實，在說明書上已經表明用火槍去燒，再以刀刮乾淨處理。借鑑了日式豬手的做法，用「萬」字醬油和米酒，加冰糖文火燉了三個半小時而成，至於為何用「萬」字醬油則沒說清楚，原來日本醬油煮久也不變酸。

店裏還有些海鮮，像「雞油蒸本地刀魚」，都是蒸得過火，已失鮮味。

「煙熏牛小排」用中式方法烹製牛肉，融入西班牙分子料理的果樹木屑煙熏法製作，不中不西，我只看樣子就不想舉筷。

菜上完後，我還聽到他們家的蝦醬做得好，即刻請師傅來一道，用雞蛋蒸出，果然非常特別美味，一定會受外地客人歡迎。

末了，吃「沾化冬棗」，這種棗個頭巨大，有各種顏色，吃進口爽脆到極點，鮮甜到極點，和一般市面上賣的相差個數千里。沾化冬棗栽種歷史悠久，百姓自古就有「房前屋後三棵棗」的說法，果然厲害，比魯迅家多了一棵。

「青州蜜桃」也好吃，外表奇醜，但到了十月十一月還生長，味極甜，與夏天的水蜜桃有得比。

在店裏吃到了最甜的「甜心烤煙薯」，選用煙台崑崙山的紅薯，如果你不相信甜似蜜這句話，你去他們家試了就知道我說得沒錯！

本來是一餐很完美的飯，兩姊妹招待得也好，可惜在廚子滔滔不絕地從頭到尾，不管你愛不愛聽的講解，像一部重複又重複的殘片旁白，又隨時拋出陳曉卿也來吃過的「書包」。真的可憐，我去到甚麼地方都聽到廚子和他拉上關係。

晚上孟鳴飛兄宴客，請在香格里拉的「香宮」，又有青島市副市長王家新兄作陪，菜沒甚麼可談，王家新兄是一位書法家，大家的共同語言滿多，相談甚歡。

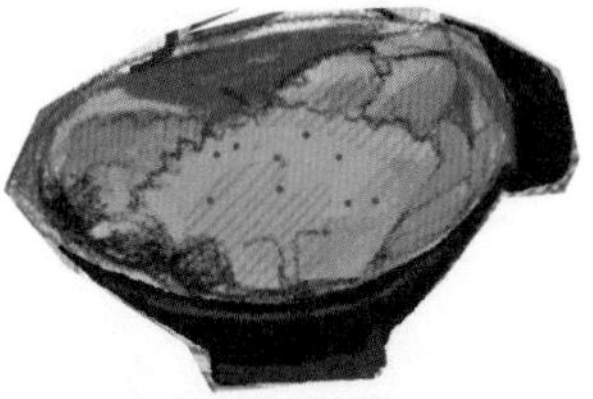

返港之前，去了「青島大學」作一場演講。我每到一處，要是當地學府肯邀請，我必欣然前往，和年輕人交換意見，是我最喜歡的。

演講完畢被學生發問，有一位剛和女友分手，問我怎麼辦，我說失去一個，也許換回許多個，不是悲哀的終結，是歡樂的開始，這個答案他似乎很滿意。

說回腌生螃蟹，萊州的真的有那麼好吃嗎？好吃的水準又是甚麼？其實一切都是比較出來，各地都有生腌蟹的吃法，浙江人的醬蟹也不弱，勝在大閘蟹的膏，其香無比。韓國人用醬油來生腌，膏雖比不上大閘蟹的，但醬得出色，極為鮮美，一試難忘。我家鄉的生腌，用鹽水和醬油各一半腌上半天，吃時斬件，撒甜花生末，淋白醋，也極殺飯，但那是媽媽做的，我帶着感情吃，當然美味，其他省份的人試了，不一定讚好。萊州腌生蟹吃的是山東朋友的熱情，如果你叫我再來，我會的。

重遊台北

在唸中學時，結識了一個好朋友叫黃森，他父母只有他一個兒子，我比他大一歲，我們的長成，是互相影響的。

黃森命好，一生只做過一兩份在書店賣書的工作，其他時間就用來旅行和看書，又有天份，會數十種語言。這麼多年來，我們甚少見面，也不大通信，有一次他竟然消失了十多年，我們這群老友都説有一天去沙漠旅行時，看到路邊有個老友在研究石碑上的文字，那人一定是他。

後來他在澳洲住了幾年，和當今的妻子結婚，兩人又於晚年決定定居在巴黎，有了社交媒體後，我和他太太的聯絡多了，知道他們要去台

灣，心血來潮，放下一切，到台北和他們聊天。

讓他們睡一天扭轉時差，我週四乘早上八點的中華機，十點左右抵達，約好中午見面。第一餐，吃甚麼好呢？想了又想，最後還是決定到穩穩陣陣正正宗宗的台菜「欣葉」去。

黃森的老婆珍妮花事前已在微信上告訴我，她甚麼都吃，只是不吃Offal，這個內臟的英文字我們通常用成Organ、Intestines，少人提及Offal，我喜內臟，當然看得懂。難題就發生了，台灣是一個做內臟做得好的地方，從他們菜市場的價錢可以看出，比香港要貴許多，香港肉販有時還大贈送呢。

好在「欣葉」甚麼小菜都有，先叫了蚋子、炒通菜、炒番薯葉、紅蟳米糕、薄餅和金瓜炒米粉，這幾種菜珍妮花一定喜歡，尤其是紅蟳，青菜也是當今女士們必點，不能抗拒的。

黃森的父親在國民黨時代當過官，也去了台灣住上兩三年，所以他對台灣特別有情意結，在新加坡時整天向我提起一種魚的卵子，當然就是烏魚子，這回每一餐都點，給他吃一個痛快。

蚋仔是可以吃個不停，吃到肚瀉為止的，我這幾天腸胃不佳，但也拼死猛啖。薄餅，台灣人叫為潤餅，我從小喜歡，見到必點，「欣葉」的沒讓我失望，但是台灣人包的偏甜，還是喜歡在廈門吃的。金瓜炒米粉特別精彩，台灣媳婦要是不會炒米粉就嫁不了人，那是從前的事，當今沒幾個會吧！我自己倒學到了一手，常在家裏做。

金瓜即是南瓜，刨絲後和浸泡過的新竹米粉熱油炒之，南瓜本身帶甜，就不必下味精了，但要用小蜆的肉和汁來提鮮，可加蝦或豬肉絲，蔬菜則建議用高麗菜。並非高科技，失敗幾回後一定成功。

最後，也不顧珍妮花喜不喜歡，叫了一碟麻油炒豬腰，果然是高

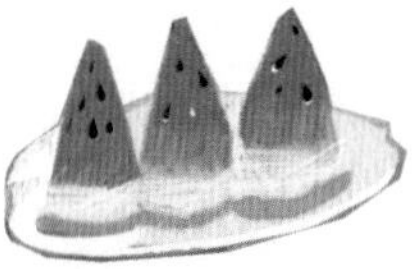

手，炮製出來的完全不同。豬腰切花，生熟軟硬恰好，加上極香的高級麻油，這一碟菜由黃森和我包辦，掃個清光。

地址：台北市雙城街34號之一

電話：+886-02-2596-3255

飯後也不知道要去哪裏，反正是老友閒聊，沒有目的，去哪裏都行。珍妮花對東方語言也有濃厚興趣，說的泰語特別流利，聽說她最近在研究林語堂，大家就決定到他的故居走一走。

車子爬上山坡，在陽明山半山，是林語堂生前最後十年的居所，目前由東吳大學管理。是座西班牙建築，走進去一看，書櫃中有整套中英著作和雜誌，以及廣獲國際推崇的《生活的藝術》，英國、韓國、德國、法國、意大利、西班牙、葡萄牙、丹麥、挪威、瑞典、芬蘭等十一國語言的譯本。

另一邊，書房陳列着他的手稿、文具和舊打字機，還有他發明的「上下形撿字法」，和他改良的「國語羅馬字拼音法」。一九七二年香港中文大學出版的《林語堂當代漢英詞典》也陳列在裏面。

睡房中的床是單人的，林語堂怕打擾夫人的生活作息而大家分房睡，這也是英國房子最文明的做法，美國人則夫妻永遠睡在一起。

餐廳椅背上有「鳳」的小篆，是林語堂感謝夫人廖翠鳳的辛勞而刻的。在鼓浪嶼漳州路也有林語堂故居，當年是她家住宅，當今破舊不堪，都怪林先生晚年去了台灣而被忽視。

另外牆上有多幅字畫，像宋美齡送的蘭花，書齋的「有不為齋」為林語堂親筆，寫來紀念上海的書房，也看到了文人的傲氣。

房子的一部份已改為茶室，讓參觀者喝杯咖啡。去看時最好由屋外的小徑走下到花園，在這裏可以俯望整個山谷，他曾經寫道：「黃昏時候，工作完，飯罷，既吃西瓜，一人坐在陽台上獨自乘涼，口銜煙斗，若吃煙，若不吃煙。看前山慢慢沉入夜色的朦朧裏，下面天母燈光閃爍、清風徐來，若有所思，若無所思。不亦快哉！」

花園中有棵很高的松科巨樹，看枝葉，有點像是「猴子的迷惑」的近親，另有一些寄生植物，長着毛，像蜘蛛的腳，這大概是林先生提到的蒼蕨吧。園中還有奇石和小魚池，他生前常坐在池邊的大理石椅上享受的「持竿觀魚」之樂。

最值得看的還有林先生的墳墓，當今有多少人像林先生那麼命好，可以下葬在自己的花園裏？我上前一拜，仰慕這位把Humour翻譯成「幽默」的學者，所有外國的大英文書店裏都有幽默的專櫃，到新加坡機場書局時問在哪裏，得到的回答是沒有。

地址：台北市陽明山仰德大道二段141號

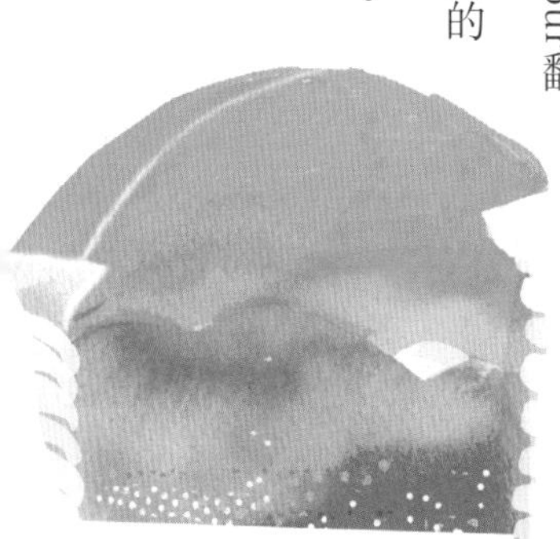

電話：+886-02-2861-3003

晚上，帶老友去吃台北最好的海鮮餐廳，名字就不慚愧地叫「真的好」。

沒辜負到店名，但東西一點也不便宜，海中鮮嘛，自古以來都早說是貴的了。我們要了白灼蝦來送酒，這道菜在香港到處都能吃到，在歐洲要找到那麼鮮甜，又用白灼的做法，就不容易了。

這裏蚋仔比午餐的大許多，醃製的方法更是一流，又連吞數碟。見玻璃池中有條很大的野生鰻魚，問說怎麼煮，可不可以紅燒，店裏只做烤的和藥材煲湯，後悔要了後者，結果只吃出一口當歸味。

大蜆可是烤得剛剛打開，裏面的肉甜得不得了，台灣人的煮法不如香港的，但烤卻是比香港高明。

黃森和太太都說中午吃得太多，晚上少來一點，那麼就來碟海鮮炒

麵吧，用粗的黃色油麵來炒。台灣承繼了福建傳統，生熟剛好，海鮮汁吸入油麵之中，一流。

但來「真的好」不吃他們的糭子不行，這裏包的是長條形狀的，餡中有蛋黃、乾貝、魚和蜆，份量不大，吃上兩三條不厭，買回家當手信亦佳。

這家店的另一道名菜是「花條湯」，花條就是彈塗魚，別小看那麼幼細，肉不少，又極鮮美，用幾條來煮湯，下點薑絲，好喝得不得了。燒烤也妙，可惜當晚不賣。

那就非吃澎湖絲瓜不可了，這種蔬菜別的產地的一點也不覺好吃，但來自澎湖，就名貴得當海鮮來賣了，甜美到你不能相信，下次你去一定要點。

「真的好」地址：台北市大安區復興南路一段222號

電話：+886-02-2771-3000

再下來那幾天我們還是吃、吃、吃，甚麼文化也沒有。早上去了「上引海鮮市場」，這種仿北海道的地方對我來說沒吸引力，但帶黃森來，他會喜歡，尤其是他那愛吃螃蟹的太太，乾脆來隻一個人抱不起的鱈場蟹，每一口都是肉，但他們依足日本的傳統做法，螃蟹煮熟後放進冰水中浸。一大早吃冷螃蟹，肚子會受不了的，下次你去，可以叫他們不必浸冰水。

雖然不喜歡「上引」，但對它旁邊的「濱江市場」最感興趣，找到了那家雜貨店，買小小隻的魷魚，用鹽醃得極鹹，很美味，可惜當今的沒有卵，較遜色。

我沒吃蟹，到旁邊小店去要了碗湯麵暖暖胃，再來幾顆大貢丸，又炒一個麵一個米粉，比鱈場蟹好吃得多。

「上引水產」地址：台北市民族東路410巷2弄18號

電話：+886-02-2508-1268

除了吃還得購物，我在台北必買的有兩種東西，一是襪子，蒙特嬌產品。有甚麼那麼特別？一般的是束在頂部，我愛着的那對橡膠束在中間，穿起來非常舒服，可惜已停產，好東西不一定人人會欣賞。另一樣就是拖鞋了，我在「鼎泰豐」老店對面，信義路上，「中國信託」的門口攤子，向一位姓蔡的太太一買，就是數十年。這雙純天然的草拖鞋吸汗透氣，清涼舒適，沒有其他貨物可比，但容易穿破，一年總得換四五對，所以我一到台北必買上十幾二十雙返港。乘還買得到，快點去吧。蔡太太行動電話是：0956-168-928

另一種樂趣是逛便利店，台北地皮沒香港貴，可以開大一點，多數

有個小涼亭讓客人進食，裏面賣的「黑輪」好吃，焗番薯甜得要命，大街小巷中必有一家。

又到晚飯時間，這次非吃內臟不可了，不管珍妮花喜不喜歡，帶黃森去一家叫「高家莊」的，這裏賣的紅燒豬腸簡直是天下絕品，沒吃過想像不出其美味，慎重推薦各位去試試。店裏其他美食有沙律魚卵、芥茉軟絲（即是魷魚）、紅燒肉和高家粉肝，把黃森吃得開心，珍妮花則悶悶不樂。

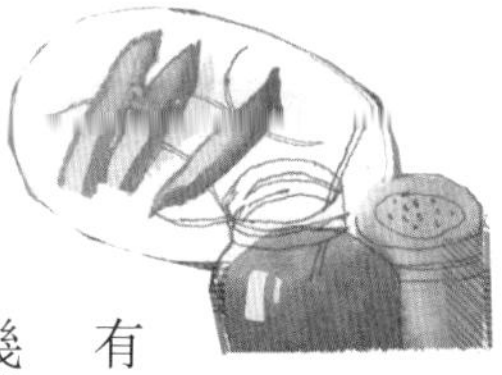

「高家莊」地址：台北市中山區林森北路279號

電話：+886-02-2567-8012

為了彌補，晚餐的第二頓帶珍妮花去吃清粥小菜，記得在復興南路有一家叫「無名子」的，餸菜極豐富，去了一看，裏面空蕩蕩，但在隔幾間的「小李子」則坐滿客人。

為甚麼會有這種現象，一家出名老食肆忽然失去顧客，而旁邊的新餐廳，賣同樣東西，則是滿座？依我的個性，一定去光顧沒人那家，但餐廳此法不通，失去客人一定有已經不行的道理，不能扶弱濟貧。到了「小李子」，果然食物樣樣新鮮美味，要了番薯粥、菜脯蛋、瓜仔肉、滷豬手和幾種燙小菜，吃得珍妮花不亦樂乎，連我點的那碟清蒸臭豆腐也幫我吃個清光，店從下午五點開到翌日六點。

「小李子」地址：台北市大安區復興南路二段142之一號

電話：+886-02-2709-2849

壓軸的那餐是「辦桌」，這種瀕臨絕種的宴客菜台南還有，台北就幾乎絕跡了，一定得讓黃森夫婦試試。但辦桌菜得一早訂好，只有找到老友蔡揚名幫忙，他老家附近有一家，光顧了多年，臨時去也應該可以，果然給足面子，在廚師的住宅客廳中特地為我們辦了一桌。

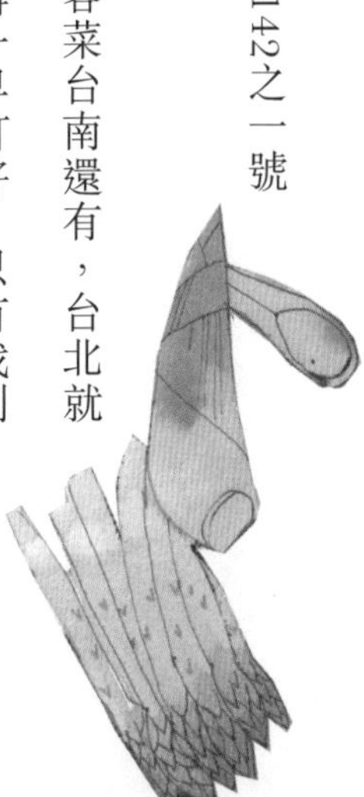

吃的東西有沙律龍蝦船、五味九孔、樹子紅蟳、富貴閹雞、蓮花白鍋魚、蹄膀雞腰海鮮燴菜、魚翅佛跳牆、明蝦、春卷、芋泥棗、松茸清湯和應時水果。

菜樣樣精彩，一點也不偷工減料，這一頓懷舊菜吃得大家大樂。埋單，港幣三千多一點，十個人吃，吃不完打了很多包被友人帶走，真是便宜得很。

「東宴美食館」地址：新北市永和區成功路一段114號

電話：+886-02-2921-6753

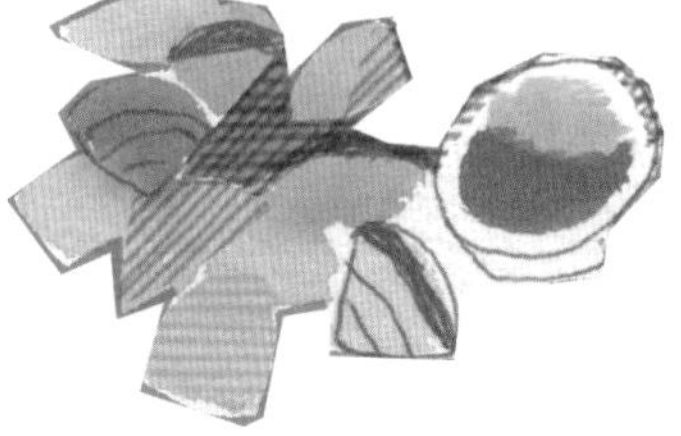

富山縣

我們遇上到口音有點不純正的日本人，便會問：「Kuni wa？」（家鄉是那裏？）Kuni這個字是國家，也能說成邦或縣，遇到日本人不會問你是不是日本人，而是問你鄉下在哪裏？答案便是日本全國分出來的一都：東京都。一道：北海道。二府：大阪府、京都府。四十三縣：愛知、宮崎、秋田、長野、青森、長崎、千葉、奈良、福井、新潟、福岡、大分、福島、岡山、岐阜、佐賀、愛媛、沖繩、群馬、埼玉、廣島、滋賀、兵庫、茨城、靜岡、石川、櫪木、岩手、德島、香川、鳥取、鹿兒島、富山、神奈川、和歌山、熊本、山形、山口、高知、三重、山梨、宮城、島根。

近年結識的叫松井香保里，是位退休的日航空姐，她來自富山，得知我對新潟的旅遊出了一分力，便千方百計地託人來找，剛好我們有一個共同的友人叫菊地和男，是一個出名的攝影師，通過菊地，專程來東京找我，最後說服我到富山走一趟。

富山在哪裏？東京出發，乘北陸新幹線，二小時十四分便可到達，其實離我常去的福井也很近，從金澤去，更是只要十多分鐘子彈車罷了。

一般人一提起富山，就說：啊，那是立山黑部水壩所在地。我對這些現代大工程沒有興趣，黑部水壩只出現在石原裕次郎的電影中，要不要親眼看看？松井問我。我搖搖頭，說：「世界文化遺產五箇山的合掌建築群，倒非常想走一走。」

有甚麼資格才能成為文化遺產？當然是獨特的，不受時間影響而保存下去的。在一座叫五箇山的谷底，河流經過處，我們可以看到一棟棟的茅草屋頂的建築物群，為了防止積雪壓倒，屋頂佔了整間屋子的一大部份，十分傾斜，像人們拜佛時的合掌。

茅頂也不是持久不壞的，每過十五至二十年，一定要換一次，這時整個村的村民同心合力，依足傳統方式製造屋頂，稱之為「結」，也叫「合力」。

屋頂重建好時剛好是節日的開始，農民們載歌載舞，節奏由一種檜板綁在一起的敲擊發出，叫Sasara，你去參觀時可以看到它掛在壁上。

我們在一家叫「莊七」的民居下榻，客廳有個irori火爐，燒着水沏茶。到了吃飯時間，就可以把整個鍋掛上去，裏面煮着各種鄉下食物下酒，在那種鄉土味道極為濃厚的農村，很容易就喝醉，回房取了毛巾，

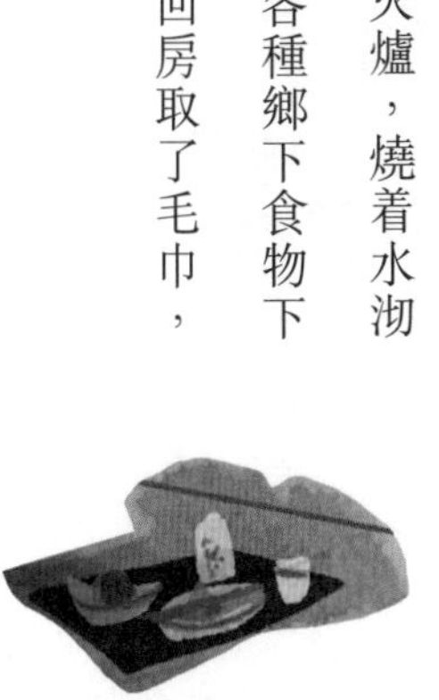

走到另一座建築中去泡溫泉，想體驗一下農民生活的遊客不可錯過。

地址：富山縣南礪市相倉421

電話：+81-0763-66-2206

三面深山、一面臨海的富山，水產也極豐富，日本人一提到刺身，都說富山的魚好吃。我們去當地一間最好的，叫「榮壽司」，門口設計很摩登，裏面卻是依足傳統的，坐在檜木櫃枱前，由數代傳人坂本吉弘親自握壽司給我們吃，我一向對加了飯糰的吃法有些抗拒，只叫刺身下酒，各類魚吃之不盡，甚至還有「雉子羽太」和「鬼笠子」皆未吃過，真是像倪匡兄所說活到老，吃到老，學到老，如果他肯跟着一齊來的話一定大樂。

地址：富山縣富山市太郎丸西町2-7-1

電話：+81-076-411-7717

當今，在甚麼都貴的香港，去到哪裏，都會感到一切便宜，包括當地的名產，當學生時買不起的，現在都可以隨手拈來。我每到一地便會到古董店找手杖，來到富山，更能請匠人訂做了。

富山以掛䅁著名，叫為「井波雕刻」，在一三九〇年建築的「瑞泉寺」因大火盡毀，一七六三年重建時請了一大批京都本願寺的御用雕刻士，來造佛像和雕樑上的掛䅁，這些人留了下來，現在我們去還可以在大街上找到他們的店鋪。

我拜訪的是「野村雕刻工房」的野村清寶和野村光雄，和他們閒聊掛䅁，因為當年在邵氏時有一陣子閒着，便到木工部去，向老師傅們學木刻，故有點知識，大家談得開心後，便請對方為我刻一根手杖。對藝術家不可討價還價，由他們開，現在已經做好了，我在十二月時還要再去富山，確定一些農曆新年旅行團的行程，到時去取。

地址：富山縣南礪市井波瑞泉寺前

電話：+81-0763-82-2016

對繪畫有興趣的朋友，可參觀「棟方志功紀念館愛染苑」，裏面有他的「鯉雨畫齋」，陳列着不少作品。

還是説吃吃喝喝比較不悶，富山有甚麼好酒呢？「滿壽泉」是當地最好的，試喝過，發現等級有如福井的「梵」，還沒被人炒高，賣得很合理，可以到他們酒藏去參觀。主人叫桝田隆一郎，精神上是一個大嬉皮，不止釀酒，還到世界嚐美食，也喜歡創新，甚麼都玩。Kit-Kat朱古力很會做生意，在日本和各大味覺公司合作，製造出幾百種口味，桝田也一齊玩，做出日本清酒的Kit-Kat，當今已被視為收藏品了。

在店裏看到一種「甘酒」，是富山最古老的種麴店製品。甘酒是甜酒釀，沒有酒精的，在寒冷的冬天溫熱來喝，最可喜。這家「石黑種麴店」自一八九五年以來，門外不出所料地做酒餅，用最古老的方法將一粒一粒的米從芯發酵，我試了一口，味道驚為天人，並不太甜，而且帶鹹。當今酒麴已當成化粧品，傳說對女性皮膚最好，我不是女人，不知。

地址：富山縣南礪市福光新町54番地
電話：+81-0763-52-0128
網址：http://1496tanekouji.com

吃的情趣

莫讓川菜變為只有火鍋

當今一提到川菜，所有的人都大叫：麻辣火鍋！聽了真的痛心疾首。

辣椒傳到四川，也是嘉慶年代（1796-1820）年之間的事，老祖宗們做的菜一點也不辣，而且非常之好吃；麻倒是一早就有。至於麻辣火鍋，客人還不會欣賞麻，主要是吃辣，越辣越好。

火鍋又有甚麼文化？那是最原始的吃法，將所有食材切好就是，廚房裏根本不需要甚麼廚子。有些人說要呀，切功也很重要，重要個屁，機器片出來的，又薄又好，之後一二三扔進去，完了！

這次重臨成都，指定要吃傳統的老四川菜，友人文茜把我帶到「松雲澤」，是一家紀念川菜一代宗師張松雲（1900-1982）的館子，由傳人張元富主掌，當年他靠「蕎麵拌拐肉」和「脆皮粉蒸肉」兩道菜賣到滿堂紅。後來和「玉芝蘭」的蘭桂均、「喻家廚房」的喻波三位同輩份的名廚成為老川菜的主流，七八年前我都去過介紹過。

坐了下來，當然先上涼菜，但我都認為這些是干擾視線、浪費胃袋空位的東西。單刀直入地吃張元富的「蹄燕羹」好了。

甚麼叫蹄燕羹？燕窩嗎？不是。它把曬乾的豬蹄筋再三用清水泡發後切成薄片，再加少許枸杞子清燉而成，口感上尤勝燕窩，古時豈會有甜品留在最後吃的習慣，取個甜蜜的意頭，並不影響味覺。

這道菜是用普通的食材炮製的甜湯，比燕窩更有吃頭，大家又吃得起，有人說此菜有很多師傅都會做，我回答說的確如此，但有很多客人

會叫嗎？如果不發揚，就會消失。

接着是「香煎豆芽餅」，以肥瘦的豬肉加上蓮藕和黃豆芽瓣剁碎，再扭為餅狀蒸成。食材簡單，美味異常，是老四川菜中難得的佳餚。

再下來是「肝油遼參」，你會發現原來海參和豬肝是那麼好的一個配搭，這是川菜的妙處，比甚麼其他餐廳做的名貴遼參更好吃。嚇人的有「紅燒牛頭方」，四川的富貴人家用牛頭皮來代替熊掌，既是聰明替換，又有仁慈之心，口感以假亂真，會做的人已不多了。

「苕菜獅子頭」的菜名是取其音，其實甚麼新鮮的野菜都可以作為原材料，用豬肉剁成之後，並不煎炸，湳以薄芡，用高湯煨後清蒸。

雞淖是用雞肉剁成蓉，視覺和味道更接近鮮甜的嫩豆腐，以葷代素菜，有湯的叫「芙蓉雞湯」，炒的叫「芙蓉雞」，採用成都的市花命名。

至於最普通的「回鍋肉」，正式的應該用二刀肉，即是豬臀肉的裏面那塊，汆水而不熟透，加入高湯再燜十多分鐘，肉片的大小和火候都會影響其肉變為燈盞窩形。而蔬菜則採用蒜白，這是回鍋肉的鼻祖。「回鍋肉甜燒白」，用回鍋肉的手法蒸完再煮，加糖熬製而成，配以四川人愛喝的老鷹茶。

「花膠雞牛湯」，精髓不在湯本身的熬製，而是很奇妙地用蒸蛋去提味。

「口袋豆腐湯」也好吃得不得了，用魚肉、菰菌、蒸蛋、酥肉等配以傳統豆腐，一塊方方正正的豆腐看來平平無奇，其實是一張油皮包裹着鮮美的湯汁，原名為「包漿豆腐」，是現代機器做的豆腐達不到的味覺，很難用文字來形容，要大家親自去試一試才知道厲害。

中間穿插了一道小菜叫「捨不得」，四川人做菜少用名貴的蔬菜，而以好玩著稱，最擅化腐朽為神奇。家裏做菜，菜桿用完之後剩下葉子，也捨不得丟棄，調味後拌它一拌，單獨成為一道又鹹又酸的小菜。

這一餐吃完之後，沒有嚐到張師傅出名的「蕎麵拌拐肉」，第二天中午又撲上門去。所謂拐肉，是把豬肘彎拐處的肉剔下來，這塊東西帶筋，肥多瘦肉少，極富彈性，用紅油和老醋拌之再鋪在麵上。

又吃了「香蓀肝膏湯」，這道張大千最愛吃的川菜，是要用放過血的豬肝來錘蓉，再以紗布濾盡纖維，最後用蛋清蒸之。蛋清的多少、蒸的時間都影響味道和口感，蒸肝要看是否成形，是否能浮以湯面為準，已沒多少人會做了。

在「松雲澤」還可以吃到「松雲壇子肉」，此菜有嚴格的做法，訣竅是輔料必須足夠，用魚肚、花菰、初春地下的筍尖、火腿等熬成，做來紀念張元富的老師張松雲先生。

還有多道美味的菜，不一一記錄。四川菜實在千變萬化，絕對不是一門火鍋能代表，希望有心人可以點上述的菜，另外更將「開水白菜」和大刀麵等，一一拍攝下來，讓今後的師傅有個參考。

我們應該大力推廣和傳承這些古老的四川名菜，四川旅遊局更應該擴大宣傳，讓年輕的一輩重新認識，千萬莫讓川菜變為只有火鍋。

威士忌吾愛

和天下老饕吃到最後都欣賞一碗越南牛肉河一樣，劉伶的共同點是一杯單麥芽威士忌。

中國人喝威士忌的歷史甚淺，更比不上七十年代的白蘭地狂熱。當地宴客，桌中沒有一瓶ＸＯ之類的，簡直不入流，白蘭地曾經所向披靡地征服整個東南亞。在中國，更是白酒的天下，威士忌擠不到邊上去。

外國人以為中國人喜歡烈酒，白蘭地和威士忌同時想攻下這個市場，結果還是法國人狡猾，說白蘭地是葡萄造的，有益身心，而威士忌是麥造的，喝之不舉。這宣傳厲害了，沒有人再敢碰威士忌。

從九十年代到當今，人們生活逐漸轉向富裕和優雅，威士忌才抬頭，大家都喝單麥芽威士忌去。

為甚麼是單麥芽呢？單麥芽是甚麼？還是有很多人搞不清楚。照字面看，是用一種的麥芽釀製的吧？完全錯誤，單麥芽Single Malt指的是一家廠造的，不像混合Blended的製法。所謂混合，是從別人的廠買來，經自己的調酒師們調配出獨特的味道的。

這又要從頭說起了，威士忌是甚麼？威士忌是從大麥釀造的酒提煉出來，也可以說把啤酒一次又一次地蒸餾，蒸餾出酒精度極高的酒來。這時的酒，沒有顏色，是透明像白開水的，也沒有甚麼味道，除酒精味之外。

威士忌要浸在木桶中，顏色才出來，味道才出來，道理就那麼簡單。

早年我們喝的混合威士忌，像尊尼走路、芝華士不是不好喝，而是為了大眾口味，變成了一般，是個性不強，喝了不會記得而已。

那麼就不好喝嗎？也不是，所謂的好喝，第一是不嗆喉。強烈的酒精，會讓人喝了拼命咳嗽，喉嚨像被燒灼，感覺並不良好。

尊尼走路分紅牌、金牌和黑牌，愈貴的愈陳年，酒精被揮發，喝了就順喉。大量生產的，放在木桶中的時間愈來愈短，就愈來愈烈，從前的產品較有良心，就算是紅牌威士忌，也喝得過，現在沒有黑牌級數的話，皆為劣酒。這一點白蘭地也是一樣的，早年的VSOP，就比當今的XO好喝得多。

當大家發現單麥芽威士忌有不同的個性和香味之後，混合威士忌漸被遺忘，只配在歡樂場所喝喝，內地的，還假酒居多呢。

對單麥芽威士忌的認識，也只局限於售價，總之愈陳年愈好，愈貴

愈好，拍賣行中的極品，已達到一百萬港幣一瓶！

我會不會去喝？當年會，是別人請客的時候。自己買來喝的話，我認為麥卡倫的三十年已是極品，要認清楚是金字藍色底的招紙，大字寫着Sherry Oak的才好買。

威士忌靠浸木桶，而所有橡木桶之中，只有釀過Sherry酒的，再寄回到麥卡倫廠浸威士忌的才是最優雅的。香醇、順口不用説，簡直是一喝難忘，當今雖然已愈賣愈少，但比起其他莫名其妙的，還是合理得多，如果見到了一定值得收藏，這是人生必喝的威士忌之一，錯過了是一種損失。

千萬別見到只是麥卡倫牌，又寫着三十年的就買，這家廠見顧客只識年份，便拼命推售。有一種三十年的，寫着是Fine Oak（好橡木），也不知是甚麼木？總之是好橡木就是，這種莫名其妙的木桶流出來的東西喝來無益，別去碰它。

我到麥卡倫廠參觀時，帶我去看的工作人員指着他們新建的大廠房，笑瞇瞇地告訴我：「你看，這是大陸客貢獻的。」

當然，英格蘭單麥芽威士忌還有各種不同的味道，像泥煤味很重的、美國波本威士忌味很重的，數之不清。各樣都去試一試，試到你認為最適合自己味道的為止，再拼命試喝不同年份的產品，不必每一種味道的威士忌都研究得那麼深。

日本人學任何一種東西，都從基本的開始，所以他們一來就用釀Sherry的橡木桶，數十年後，成熟了，自然會有很多人欣賞。

當今日本威士忌也賣得很貴，而且難找了，對於初入門的劉伶應該怎麼選擇呢？我認為初試的話，不如買一瓶鏞記已故老闆甘健成稱為「雀仔威」的Famous Grouse，它的商標是一隻野雞，從一八九六年創立，一直用波本桶和Sherry桶來浸酒。我到麥卡倫廠時看到一輛它的貨車，問廠裏人為甚麼會有雀仔威在這裏出現，原來是給他們公司買去了，出名的麥卡倫當然不會走眼，大家可以放心地喝這個牌子的酒。

其實我懷疑有多少飲客真正懂得甚麼是單麥芽威士忌，也許他們喝第一口還是可以分辨得出，但一醉了，甚麼威士忌加了冰加了水加了梳打，都是一樣的。

雀仔威萬歲

和天下老饕吃到最後都會愛上一碗越南牛肉河一樣，世界上的酒徒終歸不約而同地選喝威士忌。

累積多年來喝威士忌的經驗，當你問我哪一瓶最好喝，我的答案是麥卡倫的雪莉桶三十多年，藍色貼紙，金色的字，被威士忌酒聖米高·傑遜Michael Jackson評為九十五分。最近在酒商處看到，在當今的二〇一八年，已賣到七萬港幣一瓶。

已不再生產，代之的是三十年雪莉桶的白色貼紙三十年，價格雖低了許多，但味道大不如藍色金字者。

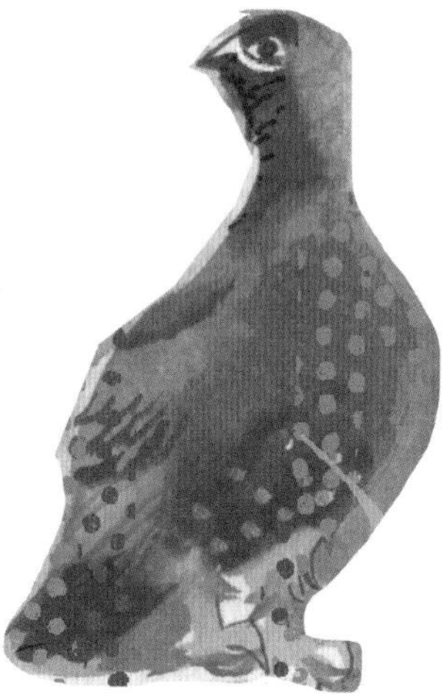

當然也有更老的，像麥卡倫一九四八和一九四六，得九十六分，但在市場上幾乎買不到，最近拍賣的兩瓶六十年麥卡倫，已要兩百萬美金，是個世界紀錄。

我一向覺得價值超過現實的酒，如果飲者又不懂得欣賞，買來炫耀的話，還是免了。

麥卡倫看準市場，也推出了各種30 Years Old產品，打着好木桶Fine Oaks招牌，賣得很貴，國內人士一看到年份，就不管三七二十一地購入，其實他們所謂的好木桶，只是一些浸過美國波本威士忌的桶，談不上甚麼味道，在參觀這家廠時，嚮導指着一間巨大的新廠房說：「這是你們同胞貢獻的。」

近年大陸劉伶亦已流行喝威士忌了，甚麼牌子都買，也不管產地是海島或是高原，有些人還以為單一純麥芽威士忌是一種麥釀的呢。

好了，我們從基本談起，威士忌是一種烈酒的統稱，用穀物發酵蒸餾而成，如果用大麥的話，釀出的是啤酒，而將啤酒蒸餾後又蒸餾，到最後就變成無色無味，近於純酒精的液體，將它浸在木桶中，久了，就成為棕色的威士忌了。所以木桶的質地極為重要。而被公認為最好的威士忌，是浸過雪莉酒Sherry的木桶，日本人一早學習，所以他們的威士忌至今還是突出的。

為了得到雪莉木桶，蘇格蘭酒廠首先自己出錢，製造出來的木桶供應西班牙酒廠貯藏雪莉酒，用完之後才送回蘇格蘭浸威士忌。

年輕人哪懂得分別，也沒有能力分別。我們都是從喝廉價威士忌開始的，自己的經驗，是在東京喝他們的Suntory Red，雙瓶裝，極便宜。當然不經木桶浸釀，加點色素進酒精罷了，談不上香醇二字，像要把你的喉嚨燃燒，但年輕人追求的也是這種刺激，好酒對他們來說是一種浪費。

接着，喝他們的四方瓶威士忌，日人稱之為「角瓶Kakubin」，價略高，然後進入喝「黑瓶」的年代，在銀座的酒吧中，已算是高級的了。

當年喝一瓶「尊尼走路Johnny Walker」，已是不得了，尤其是黑帶裝，再下去是喝百年鑪，芝華士等，這些都是混合威士忌Blended Whiskey，從很多酒廠買來，調配成自己的牌子和味道。認識「單一麥芽威士忌Single Malt Whiskey」是後來的事。由一個酒廠釀製，有時候還只浸在一個木桶中，絕不摻雜別的味道，這時，喝威士忌的學問，才剛開始。

國內年輕友人來港，要我推薦威士忌，我這個老頑童，便會遙指「雀仔威」了。

這個名字從何得來？是「鏞記」已故老闆甘健成取的。當年我們共

飲，喝的都是這個牌子的威士忌，因為原廠「The Famous Grouse」的商標上畫着一隻松雞，這是雷鳥科的獵鳥，也是蘇格蘭的國鳥，而甘先生看見這隻小鳥，就不管三七二十一叫牠為「雀仔」了。

甘先生交遊廣闊，見到老友就請人喝酒，用這瓶港幣只要一百塊左右的酒，最為適合，而該酒廠有為客人印上自己名字的服務，甘先生就印了Kam Keng Sing名字的酒。為了紀念他，我家裏還藏了一瓶。

好喝嗎？威士忌一般加梳打喝，還有一個獨特的名字，叫為High Ball，別以為老劉伶才知道，當今已重新流行起來。

加了梳打的威士忌，很容易入口，而且雀仔威本身雖然也是調和威士忌，但也用雪莉木桶浸，淨飲已相當可口。雪莉是一種強化酒，把白蘭地加到白葡萄酒中製成。說也奇怪，味道還很像我們的紹興酒呢。雀仔威也有多種選擇，松雞是紅色羽毛，但也出黑色松雞的產品，更有

Mellow Gold，Smoky Black，如要豪華一點，可買浸了十六年的白色雀仔牌子Snow Grouse 16 Year Old Vic Lee。

雖說用了雪莉桶浸過，味道還是不濃，我曾經用十六年雀仔威，再買一瓶雪莉酒，加那麼一點點進去，不加梳打淨飲，也真是可以和高價的麥卡倫匹比呢。

也不必小看雀仔威，它是一九八〇年賣得最多的威士忌，也獲獎無數，至今被麥卡倫的母公司Edrington集團買入，同一集團還買了Highland Park。

不同階段的威士忌愛好者，喝不同價格的酒，一味求貴、一味只知愈多年的酒愈好的商品，是一個笨蛋。亂七八糟的酒桶浸出來的，就算浸過一百年，也是難喝。

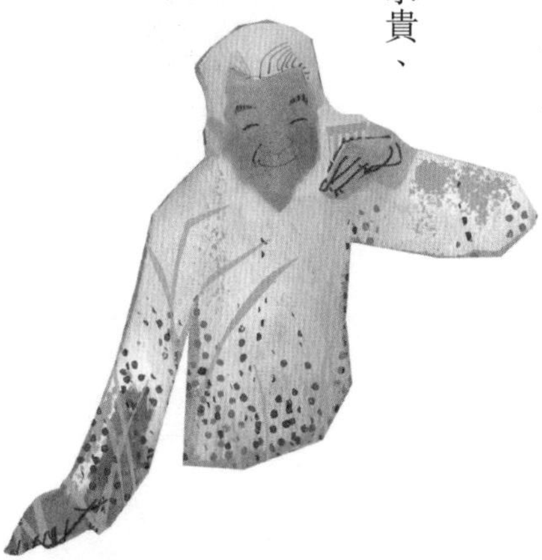

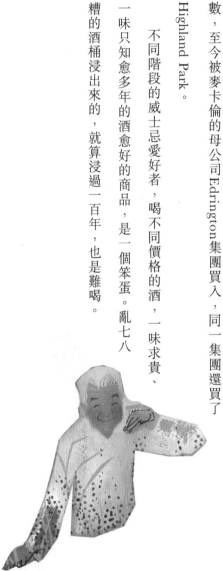

要你的命的老朋友

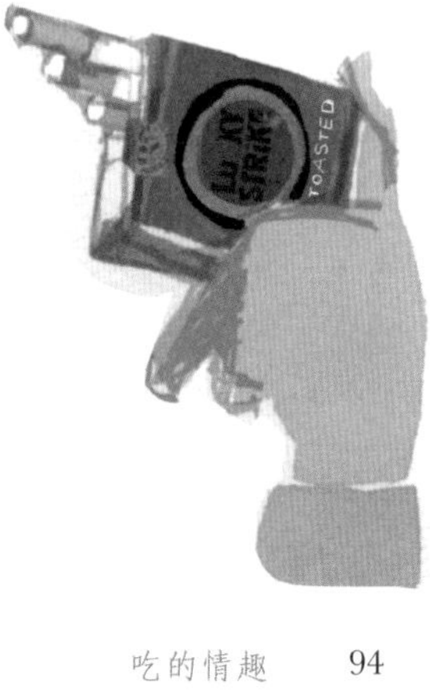

說完酒後談煙，我們一家，除了姐姐之外，都抽煙，哥哥吸了一陣子之後戒掉，他也是全家最早走的，父母都吸到七老八老，我和弟弟兩人也一直抽到現在。支氣管毛病是一定有的，大家都說早點改掉這個壞習慣，但說歸說，至今還在吞雲吐霧。

第一口吸的是偷媽媽的，她抽得很兇，是美大兵喜歡的土耳其系煙葉「紅印Lucky Strike」，我從中學起學習，向最濃的吸，這個教育算是不錯的。

爸爸抽得較為文雅，是英國維珍尼亞系的「三個五555」和

「Garrett」等，打仗時物資貧乏，也抽「黑貓」和「海盜」。早年抽煙根本不是甚麼壞事，還來得個流行，好萊塢片中的男女主角你一根我一根，有時男的還一點兩根，一根送給女朋友，一根自己吸。

我抽煙雖說是父母教的，但影響得最深的還是占士甸，他在《阿飛正傳Rebel Without A Cause》（1955）的形象實在令人嚮往，沒有一個人抽得像他那麼有形有款，不學他抽根本不入流。

接着去日本留學了，半工半讀，當自己是個苦行僧，抽的當然不是甚麼貴價的外國舶來品，能買到甚麼最便宜的就買最便宜的。

價廉的是種黃色包的「IKOI」，一包四十円，連玻璃膠紙也省了，因為我一直吸美國土耳其系的煙葉，這牌子的也滲了一點，抽起來味道較為接近，反而那些貴一點的「Peace」和「Hope」用了英國維珍尼亞煙葉，就抽不慣了。

同樣便宜的是「黃金蝙蝠Golden Bat」綠色紙包裝，味道相當難於接受，但這種煙當年抽起來，已經算是懷舊復古了，相當流行。

日本人的腦筋是食古不化的，我向賣煙的店先生買兩包，一包是四十円，他用一個小算盤打起算盤，滴搭兩聲，說八十円。隔兩天去買，又是滴答兩聲八十。

正式出來工作時，薪水高了，可以買貴一點的「Hi-Lite」，藍色紙包，白字的包裝，一包八十円，當然也有玻璃紙了，但是這種煙的味道始終太淡，後來收入更佳時，便去抽一種橢圓形，壓得扁扁的德國煙，叫為「金色盒子」，它用了一百巴仙的土耳其煙葉，自己抽是香的，別人聞到卻是臭得要命。

接着找更臭的，當年的女朋友崇尚法國，抽一種叫「吉普賽人

Gitanes」的，盒子上用藍白的圖案畫着一個拿着扇子在跳吉普賽舞的女郎，味道實在臭。

同樣臭的也是法國產的「Gauloises」，也是藍色包裝，畫有一個雙翼的頭盔，別小看這種煙，在法國抽着它還是愛國行為呢，繪畫界的愛好者有畢加索，文藝界的有沙特，音樂界有Maurice Ravel，連披頭四的尊連儂也是它的煙迷，抽起它來，在一群法國朋友之間得到尊重，但是最後還是受不了，也不理女朋友，抽別的煙去。

日本的房子，冬天會用一個大瓷罈，中間燒炭取暖，這時看到老人家拿了一管煙斗，頭上有個小漏斗式的銅頭，中間是竹管，吸嘴也是銅器打成的，叫Kiseru。

也學着他們抽了起來，但改裝了英國煙葉，日本的太劣了，一吸就咳嗽。這種抽法有個缺點，就是煙斗太小，抽一口就要清一次，非常麻

STRIKE
TOASTED

煩。

有時也跟着日本人懷舊起來，抽一種叫「朝日」的煙，非常便宜，因為有個吸嘴佔了整枝煙的三分之一，吸嘴是空心紙筒，用手指壓扁了當成濾嘴，抽不到兩下就滅了，也只是當玩的，不會上癮。

離開日本後來到香港，開始抽美國煙Pall Mall，因為它有加長版，自己又買了一個煙嘴加上去，顯得特別的長，配了我高瘦的身材，抽起來好看，但好看不等於好抽，也不是到處買得到，後來就轉抽了最普通的「萬寶路Marlboro」。

從特醇的金牌抽起，最終還是回到特濃的紅牌子，萬寶路的廣告和音樂實在深入民心，但說到好不好抽，越大眾化的東西，味道一定最普通了。

其實香煙並不香，而且有點臭，臭味來自煙紙，美國香煙的紙是特製的，據說也浸過令人上癮的液體，這有沒有根據，不是我們煙民想深入研究的。

有一點是事實，為了節省成本，有很多香煙根本不全是煙葉，三分之一以上是用紙屑染了煙油而造成的，不相信，取出一枝拆開來，把煙葉浸在清水中，便會發現是白紙染的。

終究煙抽多了，一定影響氣管，所以煙民們都咳嗽，咳多了就想戒，而戒煙的最佳方法是改抽雪茄。我的香煙已完全戒掉，現在一聞燃燒煙紙的味道就要避開，實在難聞，我已經完全戒了煙。

當今抽的是雪茄，大雪茄抽一根要一個小時，沒那麼多空閒，現在改抽小雪茄Mini Cigarillos，大衛杜夫牌子，全部是煙葉。

因為美國禁運古巴產品，大衛杜夫很聰明地跑去洪都拉斯種煙葉，在瑞士或荷蘭製造這種雪茄，五十枝裝的放在一個精美的木盒子之中，看起來和抽起來都優雅得很。

我還是不會禁煙的，煙抽了一輩子，是老朋友了，但只是一個要你命的老朋友，可愛得很。

吃的情趣

從此，好吃的小販食物一件件消失。你去找，還是有的，但是，卻是有其形而無其味，吃甚麼都是一口像發泡膠的東西，加上一口味精水。

因為大家不要求，沒有了要求，就沒有供應，美食是絕對不存在下去了，剩下的只是浮華的鮑參肚翅，這些食材，也慢慢地被吃到絕種。

你會吃，你去提倡呀，你去保留呀，友人說。沒有用的，大趨勢，扭轉不過來。外國人有句話，打不過，就去參加他們吧，我看今後，也只有往快餐這條路去走了。

但是，儘管也有餬口求生的，也有可以吃得優雅。

我還是對年輕人充滿希望，我相信他們其中，一定有人對自己有要求，對生活的質素有要求，不必跟隨別人怎麼走。

先得提高自己的獨立思想，管他媽的別人不會吃，自己會吃就是了。但是，鰣魚、黃魚等已經一種種絕滅……那也不要緊，就像我在印度的山上，一個老太婆每天煮雞給我吃，我吃厭了，問她說有沒有魚，她說沒有，魚是甚麼？啊，你不知道魚是甚麼，我畫一條給你看看，老太婆看了，說，啊，這就是魚？樣子好怪。

我驕傲地說：「你沒有吃過魚，好可惜呀！」

「我沒有吃過，又有甚麼可惜呢？」老太婆回答。

是的，年輕人說，我沒有吃過鰣魚，我沒有吃過黃魚，又有甚麼可惜呢？

在我短短的幾十年生涯中，已看到食材一種種消失，忽然之間，就完全地不見了，小時候吃的味道也一樣，再也找不回來。

為甚麼？理由非常之簡單，年輕人沒有試過，不知道是怎麼一回事，不見就不見，不是他們關心的事，只要有遊戲機打，吃甚麼都不重要。

城市生活的富裕，令到子女不必像父母那麼拼命，他們對食物不擔憂，也不必考慮到有沒有地方住，反正爸媽會留下來，幹甚麼那麼辛苦？

連街邊小販的生活也逐漸改變，有了儲蓄，就想到退休，説實在的，每天幹活，一天十幾小時，腳也發生毛病，忽然有一批新移民湧了進來，他們也要找點事做，啊，就把攤子賣給他們吧！

你賣給我，我不會做呀！容易容易，煮煮麵罷了，又不是甚麼新科

技，你不會做，我教你好了，三天就學會，不相信你試試看。

試了，果然懂得怎麼做，真聰明，我早就告訴你很容易嘛，你自己學會了，可以自己去賺。

基本上的東西是不會絕滅的，一碗好的白米飯，一碗拉的好的麵，總在那裏。

今後的食物，只會越來越簡單，但是，我們總得要求吃得好、吃得精。甚麼地方的菜最好，甚麼地方的麵最好，一種種去追求，一種種去比較，一比較就知道甚麼地方的最好。

滿漢全席已經消失，西方帝皇式的盛宴也不會再存在，大家都往簡單的和方便的路去走，也許今後會有人將之重現，但不吃已久，也不知道怎麼去欣賞了。年輕人的味覺正在退化，但是我希望年輕人對生活的熱情不消失。

回到基本吧，一碗白飯，淋上香噴噴的豬油，是多麼地美味！

甚麼？豬油，一聽到已經嚇破了膽！

但是，醫學上、科學上，都已證明豬油比植物油健康了呀，怕甚麼呢？你們怕，是因為你們沒有洗過碗，一洗碗就知道了，豬油的一沖熱水就乾乾淨淨，植物油的，洗破了手皮，也是油膩膩地。

已經用洗碗機了，有些人這麼罵我，但我說的是一種精神，豬油是好吃的，豬油是香的，像我早已說過幾十次、幾萬遍一樣。

也像我說的，三文魚刺身別去吃，有蟲的，大家不相信，現在吃出了毛病，又怪誰呢。

我們年紀大了，吃的東西越來越簡單，所以有變成主食控這個講法，其後，年輕人也是主食控，不過他們的主食變成火鍋而已。

窮兇極惡地吃，這個年代總會過去的，花無百日

紅，經濟也不會一直好下去，總有衰弱的日子會來到，等到這麼一天，大家都得迫自己去吃簡單的白米飯，去吃一碗麵條。在這種時候沒有來到之前，我們做好準備吧，至少，心理上，我們要學會節制了。

簡單之餘，要求精。炊飯的時間得控制得準，米飯一粒粒煮得亮晶晶地，麵條要有彈力，要有麵的味道。

吃，是一種生活態度，一種熱情，其他的可以消失，但是熱情不可以消失。

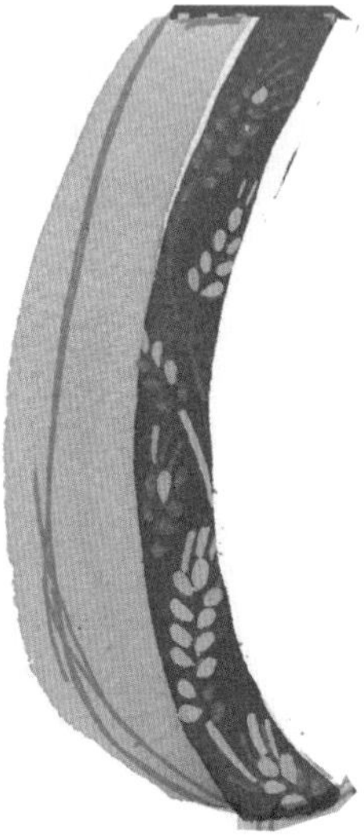

蔡瀾PHO

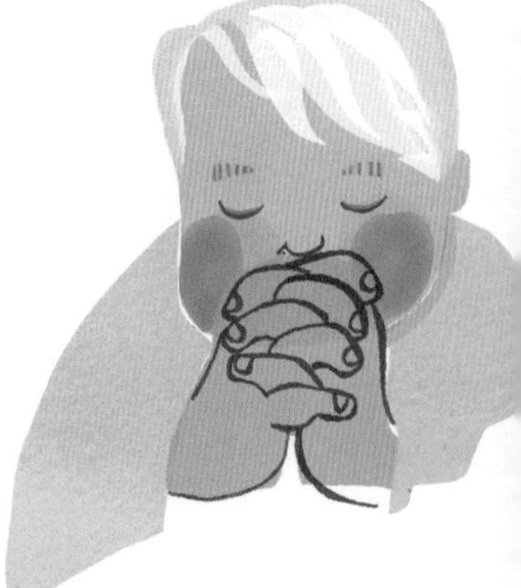

全世界的劉伶喝到最後，一定喜歡單麥芽威士忌；天下食客則不約而同地愛上一碗越南牛肉河，這是公認的。

為甚麼？越南河的湯，要是煮得好的話，喝上一口就上癮！湯清澈但味道濃厚，又有不同的層次。第一口甚麼都不加，第二口撒些香草，像羅勒、薄荷葉和鵝蒂下去，浸它一浸，又有完全不同的味道。再加豆芽、魚露或檸檬汁，更變化無窮，真令人食之不厭，味道不能忘懷。

我年輕時背包旅行，就喜歡越南牛肉河的味道。一愛上，就不斷地追求、搜索，去了越南本土、法國、美國和任何有越南河專門店的都市，比較之下，到了最後，終於在澳洲墨爾本的「勇記」找到我認為是最完美的一碗。

一直想把「勇記」引進到香港，讓大家能嚐到我說的是甚麼，但機緣未到，中間談了無數次，也是不行。

開餐廳，在我的經驗，知道是一件非常黐身的事，每一個環節都要注意到，一旦開始，就脫不了身，這不符合我愛雲遊四方的本性，自己是開不了的。

經過了幾十年後，終於在我的旅行團中認識了一對年輕夫婦，叫王力加和李品熹，先是談得來，後覺理念一致，追求完美的細節也一樣的，他們很有開餐廳的知識，自己旗下已有兩百多家，到他們兩層樓幾百個員工的公司參觀一下，發現聘請的都是管理人才，組織力是不容置疑的。

一天，在日本旅行中，他們向我說有開越南牛肉河的意圖，我問為甚麼，原來他們研究之下，知道時下的飲食趨向，是健康路線，而最符合健康的，當然是越南河了。

從此我們到各國的越南牛肉河名餐廳走了一趟，大家同意還是「勇記」的最好。我和「勇記」有數十年的交情，得到他們的信任，再加上重金，把他們請了過來。先在深圳建立一個四千平方呎的實驗廚房，牛肉牛骨一鍋鍋近百公斤熬湯。我試一口，不行，全部倒掉，也不知倒了多少鍋，看得大家心痛時，做出來的試了，還是不行。為甚麼？原來為了節省，用同樣的比例，但熬出的小鍋湯來，當然不行了，也當然都倒掉了。

究竟不是甚麼高科技，我們的實驗到了最後是成功了。接下來是粉，一般專門店是用乾粉再泡出，這是我們絕對不能接受的。

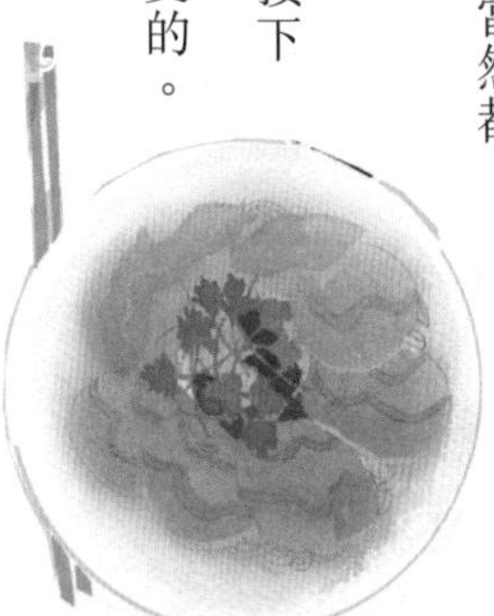

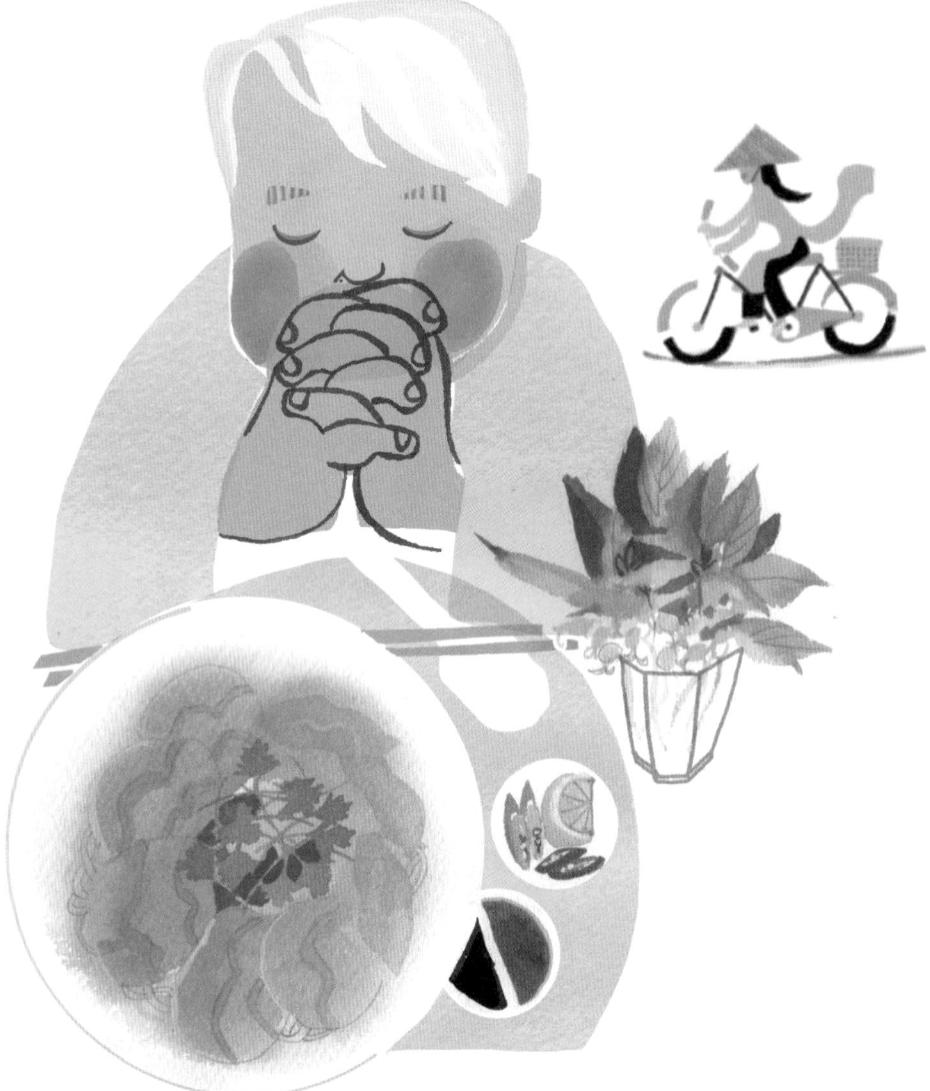

從製麵廠進的貨，也就都差那麼一點點。到最後決定設計一架製粉機，從磨米漿到蒸熟切條，都在客人面前做出來，你可以說沒有別家好吃，但不能說我們的粉不新鮮。

做好的機器，放在租金最貴的中環店裏，以佔的面積來算，一個月就要花三萬塊港幣，還不算可以騰出來擺兩張餐桌的收入。不過，當「勇記」老闆看到時，也說這一點比他們好。

店裏的各個細節都請專人來做，室內設計由著名的日本空間設計師Jo Nagasaka主理，到了晚上一打開外牆，就是廣大的大排檔式的經營，這一點不得不佩服他們。其他的一切以簡約取勝，不用花花綠綠的傳統越南式，制服、餐具，燈光，連播放甚麼音樂，完全是專業人士指導，一點也不苟且。王力加、李品熹和我，都說：「這樣才對得起自己，對得起自己，才能對得起客人。」

食物方面，除了越南河當主角之外，我們還有越南法棍、香茅烤豬頸肉、紅油酸辣湯檬或乾檬，我們的春卷，也與眾不同，另有黃金蝦扒、越式蒸粉卷、香芒魚米紙卷、金柚沙律和蝦醬炒通心菜等等，顆顆都是明星。

甜點把泰國的三色冰，改為多色冰，椰汁極香濃，當然有越南咖啡、話梅青檸梳打和各種飲料及酒水。雪糕方面，我們做不過「泰地道」的好吃，我從他們店裏引進了榴槤雪糕、椰汁雪糕和很有特色的泰國紅茶雪糕。自己做的，有拿手的青檸香芋冰，請各位一試。

鋪在桌面的餐紙，請蘇美璐畫了一張我淥越南粉的畫，這次穿了綠色衣服，以示環保，另一張是她畫的各種吃越南粉加的香料的畫和名稱，大家在等位時可以研究研究，才不覺悶。

至於打包，我們也請專家設計了一個紙盒，裏面有兩格大小碗上下疊，固定了食物不會流出來，我最不喜歡倒瀉得一塌糊塗的外賣。附近的食客可以直接倒湯在盒中，遠一點的，我們用一個Stanley保熱壺，是美軍指定製品，保熱壺中的勞斯萊斯，免費借各位用，當然要收訂金，用完了還給我們即退回，這點請原諒。

一定還有很多可以改善的地方，請大家給我們寶貴的意見，慢慢地改。這一間是旗艦店，一切的設計已有定案，下一家做起來就能照抄了。深圳的店，將在這個月底開業，其他的，慢慢來，完善了才開。

開業那天，熱鬧得很，各位友好都來捧場，在請柬上已說明為了環保懇辭花籃的，但來賓們還是照送，我只好照收，心中嘀咕，花兒即凋謝，折現多好！

頂級榴槤團

國內最大的旅遊社攜程找我合作，說去哪裏隨便你，我一想到當今是榴槤成熟的季節，就決定了去馬來西亞。行程和團費一公佈，我也認為有點高了，但大陸富豪極多，也不會覺得怎麼一回事吧。

結果參加的人數只有十六個人，這倒輕鬆得多，吃飯時弄一大圓桌，大家交談起來也方便，團友們都是知道價值，而不惜價錢的人，斯斯文文，聊得不亦樂乎。

由五湖四海飛到檳城集合，下榻我最喜歡的E&O酒店，是亞洲三大貴婦，其餘兩家為新加坡的萊福士和曼谷的文華東方，都是昔時貴族文

豪和明星的首選。

我被安排入住Rudyard Kipling套房，他的作品《Jungle Book》我從小讀起，對我的寫作生涯影響極深，永遠達不到他的水準，能住一住他住過的房間，也算是緣份。

酒店花園有棵雙人合抱的大樹，是老友曾希邦和我一齊在樹旁拍過照片的，不免流連徘徊一番，當今人已離去，樹還在。

晚上去一家叫「天天魚」的餐廳吃海鮮，老闆兼大廚的年輕人Steve在上回我來檳城時認識，介紹過後，現在已擁有幾間大餐廳。也不必老遠地跑到極樂寺附近的老店那麼遠，新餐廳就開在市中心，離酒店十分鐘左右，大吃他煮的海鮮，甚麼都有，魚蝦蟹一盤又一盤，吃得大家飽飽地回房睡覺。

第二天進入戲肉，到老友蘇建興的榴槤園去，搬出來市上極少量的榴槤品種「黑刺」，而且是八十年和四十年的兩種老樹，是榴槤之中的路易十三和XO。肉厚，味濃，黑刺長得圓圓滿滿，不像貓山王那麼歪歪扯扯果粒少，一個榴槤至少有二十多顆果實。一般人吃上一個已飽，我們衝着榴槤來，吃個不停，一人至少吃上三四個。蘇建興又拿出其他標青的品種來，像D24、D101、D197，都是老樹長出，大家幾乎嘗遍所有最好的，都說今後不會再回頭去吃泰國榴槤了。

其實泰國的和大馬的最大不同，在於前者是未熟時從樹上摘下，等至聞到果實香味才吃的；馬來西亞的是樹上熟，掉下，最新鮮味濃，並非泰國的可比。

跟着蘇建興接枝的新品種要我命名，取之為「抱抱榴槤」，要等到五六年後才能吃出甚麼味道了。

中飯就在園中的馬來大宅旁邊進食，由馬來大廚烤出各種沙爹和炒小菜，我最欣賞用發酵過的榴槤製成的醬蒸出來的各類菜式，簡直可以用「驚艷」二字形容。

晚上蘇建興從婆羅洲運來一尾十幾斤重的野生「忘不了魚」，市面上要賣到三萬多港幣了，魚鱗巨大，每一片下面就黏着魚油，肉質香甜無比。我告訴大家上次和倪匡兄吃魚的故事，他老人家說張愛玲最愛鰣魚，但天下恨事為鰣魚多骨，這尾忘不了，比鰣魚還鮮，又沒骨。

第三天南下怡保，吃沙河粉。怡保的水質最佳，故美人多，印象深的是不止河粉又滑又嫩，所長的豆芽肥肥胖胖，不吃到你不相信，是天下最美味的豆芽。

到了吉隆坡，大家趕着時間去購物，我走進Paragon中心的British India買幾件新衣。這家人用的麻布最為高級，都可自己水洗，而且愈洗愈漂亮，價錢雖貴，也比歐洲名牌便宜許多，很值得

買，多年來我一直買個不停。

晚上的菜有野生甲魚、山鹿肉和鯊魚嘴等等，大家讚不絕口。

在市中心的麗思．卡爾頓住了一夜，第四天精神飽滿，進入高潮，到離吉隆坡不遠的榴槤園去吃貓山王。這是一個叫「松岩」的莊園，馬來西亞華人藏龍臥虎，極懂得享受，有一位叫鄭志根，在一座高山山頭建立了一個有機榴槤園，環境山明水秀，非常幽美，山頭有他的私人別墅，另外有多間獨立建築招待客人。

山中本來就有的榴槤老樹都保留了下來，本來就野生，新種的更是沒有人工肥料或施殺蟲劑，結果後的榴槤有三分之一被果子狸或果蝠吃去，有些剩下一半的拿來給我們享受，特別香甜，動物的確比人類會吃。

而且，榴槤分等級，長在平地的最低級，半山腰的較高，山峰上的

才是完美，那裏的都是我們吃過之中最香和肉厚、核最小的品種，我們十六個團友，吃了四十公斤，還沒加上已改種，味道不同的大樹菠蘿和紅色肥蕉。各種釋迦，長出角來，也是從來沒嘗過的，帶點酸，喜吃甜的人可以沾當地蜂蜜，包你沒試過，那是一種不會刺人的蜜蜂蜂巢中取出來的。

鄭志根先生叫我下回來住幾天，山上溫度清涼，一點也不熱，又沒有蚊子，可以考慮。他還叫我為一顆新品種的貓山王榴槤改名，我命名為「抱貓樹」。

最後一頓晚餐，步行三分鐘到麗思·卡爾頓酒店附近餐廳去，那裏的大廚兼老闆的名字叫甚麼我忘了，大家都稱他為「大鼻」師傅，因為鼻子特別大，是吉隆坡做中菜做得最好的師傅，第一道拿出來的湯就令團友折服，那是用胡椒粒清燉出來的野山豬腳湯。

翌日早上去「新峰」吃肉骨茶，老闆是老友，拿了很多他種的「竹腳」品種，已大飽，還吃個不停。

中飯又到楊肅斌開的「十號胡同」，吃各種東南亞小吃才上飛機。

這一團沒有一個人嫌貴，就說物有所值，自己來再出多少錢，也沒有辦法那麼多品種的榴槤一塊吃到，還有，最重要的，是得到那麼多人的熱情招呼和尊敬。

如大家有興趣，可聯絡當地的「蘋果旅遊」，尊貴外地團的高級經理叫廖秉晟，電郵是：iholidays002@gmail.com

魚中香妃

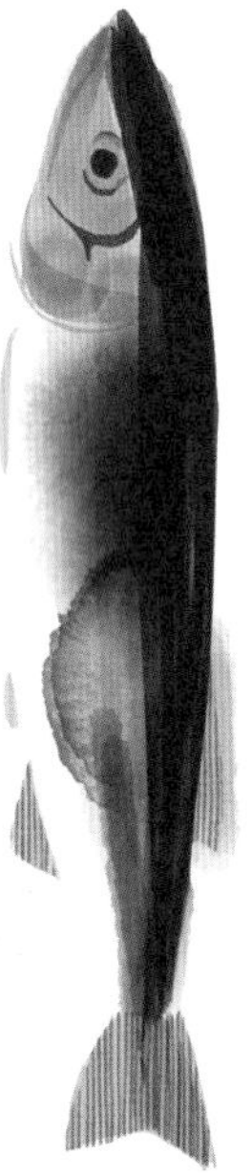

在日本，代表夏天來到的，是鮎。

鮎AYU，是魚中貴族，魚中香妃。試問哪一種魚沒有腥味呢？天下惟有鮎了。不只不腥，還帶西瓜和青瓜的味道。甚麼？你不相信？別質疑，有機會抓一條細看之後放回水中，一聞雙手，真的，竟然有一股青瓜的蔬菜香味，神奇之極。

手掌般長，香腸般粗的鮎，野生的灰中帶着金黃色，非常美麗。自古以來被日本詩人歌頌，最得到他們的歡心。你到日本旅行，也會看到在清溪之中有很多人垂釣，所用的釣竿數十至百萬日幣，釣者都肯花錢購買。

大家都吃，不會被吃得絕種嗎？不，他們不禁止撒網圍捕，大家也知道夠吃就算了，也沒有看過鮎的鹹魚，最多是將釣得過剩的魚放在冰箱之中，在其他季節解凍享受。

但是人類干擾自然的事不斷發生，當今還有，見到了就吃幾尾吧。鮎極愛乾淨，水一髒就死，我每次吃都擔心再過幾年吃不到。

最典型的吃法，是把魚彎彎曲曲地，用根竹籤串起來，撒上細鹽，放在火上烤。魚極肥，像叉燒一樣，帶肥處可以烤成黑色。烤好之後抽出竹籤，放在碟上，這時看到的鮎，形態若生，像還在游水，要高手才烤得出。

吃時用筷子在魚背輕壓幾下，然後折斷魚尾，抓着魚頭一拉，整條魚骨就能抽出來。最初失敗，但幾次後就學會，不是甚麼高科技。日本朋友看見你這種吃法，一定大讚。

日人吃時喜歡蘸一種海藻鹽水加醋的醬料，我不愛吃醋，從來不點。烤時已加鹽，夠鹹了，醬油無用。

掀開魚皮時，看見魚背和近肚處帶着半透明的脂肪，可見此魚極肥。魚本身清潔，烤前還把魚肚一捏，確實全無雜物。這時，整條魚都可以吃，骨頭也不太硬，細嚼即可，內臟也不清理，這是此魚的特色，甘香無比，還帶甘苦，是百食不厭的滋味。

近年也有養殖的出現，來自台灣的居多，反銷到日本去，雖然較野生的肥大，但全身灰色，已失金黃，味道如嚼發泡膠，看到路邊賣得很便宜的，避之，避之，吃了印象完全被破壞。

鮎的做法除了鹽燒之外，變化無窮，但很少地方可以吃到鮎刺身，畢竟魚太小，沒有多少肉可吃，而且日本人迷信淡水魚的刺身，只有鯉魚可吃。

多年前去日本友人的龍神鄉下作客，她父親拿出鮎內臟醃製的醬讓我品嚐，苦苦甘甘、鹹鹹甜甜，非常美味，至今難忘，以為只有家庭裏私製才有，原來在百貨公司的食品部發現有現成的商品出售，用卵巢漬成的叫Uruka，用精囊漬成的叫Shiraruruka，下酒極佳，有興趣看到了買來一試。

尚未成長的鮎叫Wakayu，食指般大，骨頭軟，可整條吃下，通常在高級的天婦羅店才拿出來，在夏天看到了，就可以相信這家天婦羅的水準，不賣的不入流。

鮎這種魚貴族遍佈於中國和韓國，但去這兩地，甚少看到有大廚入餚，更不必說有專門店了。台灣受日本影響極深，到處有鹽燒，但魚本身是養殖的，不吃好過吃。

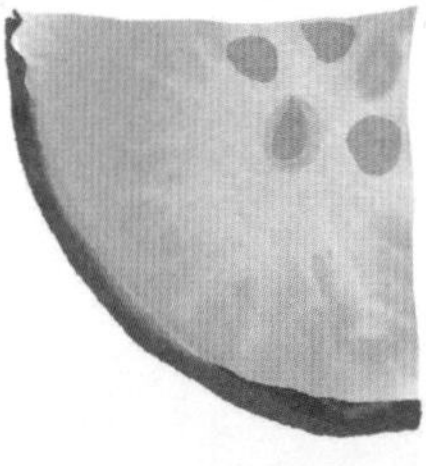

在外國更是不見了，讓洋廚子發現了這種食材一定驚為天人。在日本的西洋料理餐廳，師傅也會用南洋方法烹調，像用牛油來煎，用老醋來漬。如果落在意大利或西班牙大廚手上，更會用鹽巴包住來烤吧。

到底是日本人拿手，他們的鮎飯極美味，那是把白米浸個多小時，加木魚湯汁，最後在米上鋪上十幾尾的鮎，炊出來的飯，不管用電飯煲或是用砂鍋，均好吃，當然不會把內臟除去，少了苦味，鮎就不是鮎了。

更有一種非常特別的做法，就是煮味噌湯。在鮎的季節，也是水蜜桃最成熟的時候；我組織的水蜜桃團，便會去岡山吃，那裏有家叫「八景」的溫泉旅館，面臨着山溪，岸邊挖幾個窟，溫泉湧出，讓大家浸着享受，男男女女都赤身入浴，我們在旅館窗口望下，看到一群像兒童的大人嬉水。

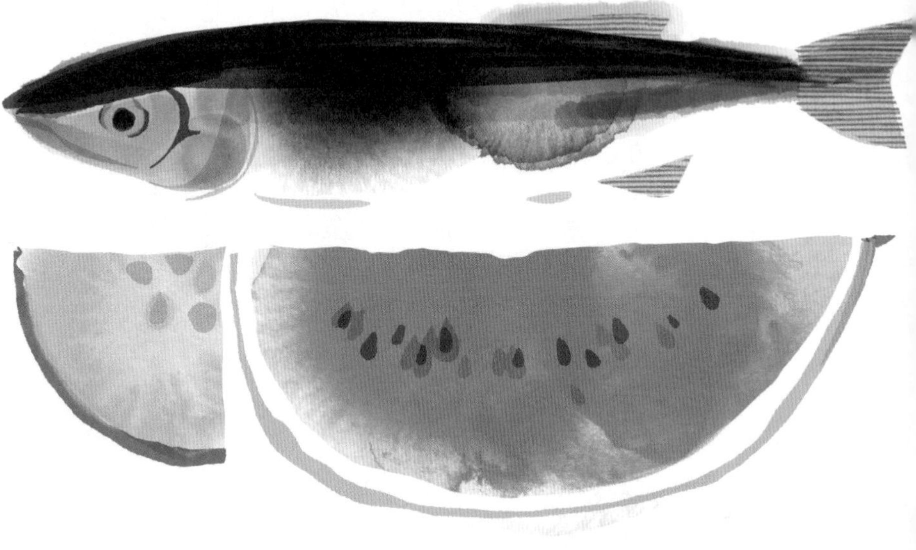

到了晚上，女大將出現，樣子很像一個叫朱茵的女演員，她帶着大廚做這種鮎料理之時，有一個儀式。先由大廚捧出一個大木桶，裏面游着上百尾鮎，是從旅館前面的溪澗釣到的，然後讓客人去抓，抓後叫大家用手一聞，果然是青瓜味，最後才一尾尾、活生生地放入大鍋的味噌湯內煮。雖然有點殘忍，但魚無神經線，感不到，又犧牲生命讓我們嚐，也值得。

煮出來的鮎，和那碗湯，是仙人的食物。

資料：http://hakkei-yubara.jp/

房價公道，打電話訂房+81-867-62-2211，用國語也可以。

為了不想遺漏資料，在百度上搜索，鮎的中文叫香魚。打入香魚，發現還有一篇我在十多年前寫的，關於捕捉鮎的方法：在溪流旁邊捲一竹棚，鮎游過跳上，拾之可也，叫作「簗場」，至今還有，就在新瀉，從龍壽司或八海山酒廠去，只要三十分鐘車程，在夏天各位到訪時，不妨去「簗場」看看，是種人生經驗。

資料：https://www.hoyumedia.com/co/bk/yanaba/index.html

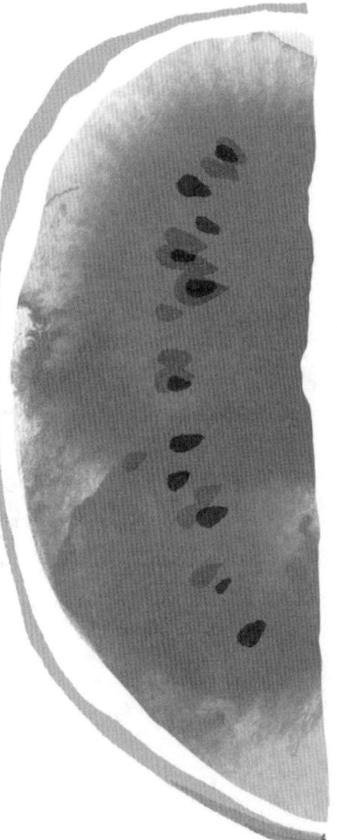

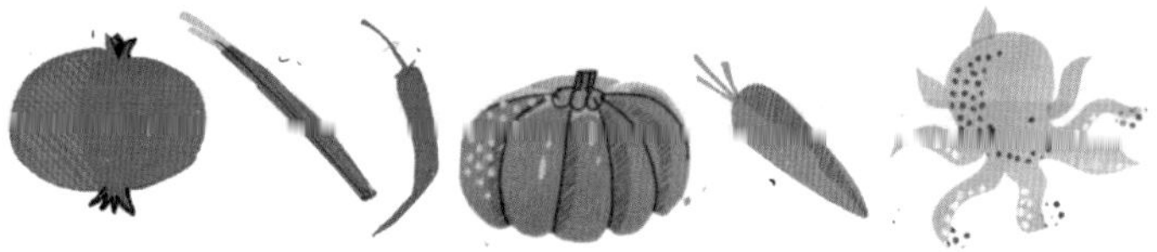

最有營養食物一〇〇種

BBC英國國家廣播，除了新聞，亦製作很多高質素的紀錄片，所報導的資料極為嚴謹，絕對不會亂來。最近，他們做了一個調查，從一千種食材中選出一百樣對人體最有營養的。從尾算起，排行如下。

第一〇〇種：番薯。第九十九種：無花果。第九十八種：薑。第九十七種：南瓜。第九十六種：牛蒡。第九十五種：抱子甘藍。第九十四種：西蘭花。第九十三種：椰菜花。第九十二種：馬蹄。第九十一種：哈密瓜。第九十種：梅乾。

第八十九種：八爪魚。第八十八種：紅蘿蔔。第八十七種：冬天瓜類。第八十六種：墨西哥辣椒。第八十五種：大黃。第八十四種：石榴。第八十三種：紅醋栗，又叫紅加侖。第八十二種：橙。第八十一種：鯉魚。第八十種：硬殼南瓜。

第七十九種：金橘。第七十八種：鯧鰺魚。第七十七種：粉紅三文魚。第七十六種：酸櫻桃。第七十五種：虹鱒魚。第七十四種：河鱸魚。第七十三種：玉豆。第七十二種：紅葉生菜。第七十一種：京蔥。第七十種：牛角椒。

第六十九種：綠奇異果。第六十八種：黃金奇異果。第六十七種：西柚。第六十六種：鯖魚。第六十五種：紅鮭。第六十四種：芝麻菜。第六十三種：細蔥。第六十二種：匈牙利辣椒粉。第六十一種：紅番茄。第六十種：綠番茄。

第五十九種：西生菜。第五十八種：芋葉。第五十七種：利馬豆。

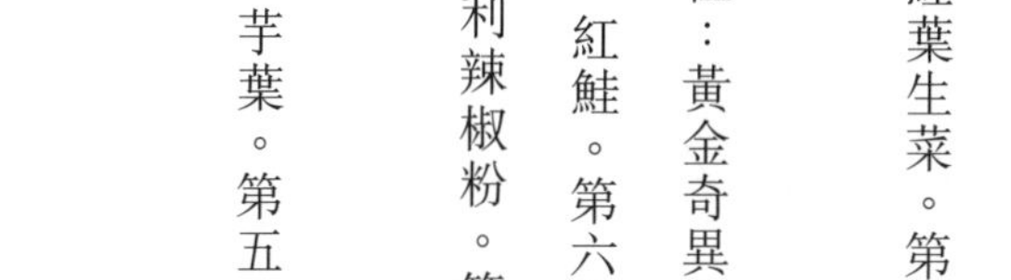

66
100
99
98
65
35
97
64
34
33
96
63
95
62
18
94
7
61
17
32
93
60
59
31
92
58
57
91
55
56
90
89
8

75
73
71
69
68
74
72
70
76
37
38
77
39
20
40
21
41
9
22
78
42
11
3
23
10
12
79
43
4
2
24
13
44
1
25
5.
14
80
45
26
16
15
81
46
27
28
47
48
51
49
50
53
82
52
83
84
85
86
87

第五十六種：鰻魚。第五十五種：藍鰭金槍魚。第五十四種：銀鮭魚，生長於太平洋海產或湖泊中。第五十三種：翠玉瓜等夏天瓜類。第五十二種：海軍豆，又名白腰豆。第五十一種：大蕉（是非洲蔬菜，長得像香蕉，但味道一點都不像，似木薯，非洲人當馬鈴薯吃）。第五十種：豆莢豆。

第四十九種：眉豆。第四十八種：牛油生菜。第四十七種：紅櫻桃。第四十六種：核桃。第四十五種：菠菜。第四十四種：番茜。第四十三種：鯡魚。第四十二種：海鱸魚。第四十一種：大白菜。第四十種：水芹菜。

第三十九種：杏。第三十八種：魚卵。第三十七種：白魚，即為白鮭。第三十六種：芫荽。第三十五種：羅馬生菜。第三十四種：芥末葉。第三十三種：大西洋鱈魚。第三十二種：牙鱈魚。第三十一種：羽衣甘藍。第三十種：油菜花。

第二十九種：美洲辣椒。第二十八種：蛤蜊類。第二十七種：羽衣，與羽衣甘藍相近但是不同種類。第二十六種：羅勒，又名金不換、九層塔。第二十五種：一般辣椒粉。第二十四種：冷凍菠菜。（註：冷凍菠菜的營養不會流失，故級數高於新鮮菠菜）。第二十三種：蒲公英葉Dandelion Greens。第二十二種：粉紅色西柚。第二十一種：扇貝。第二十種：太平洋鱈魚。

第十九種：紅椰菜。第十八種：葱。第十七種：阿拉斯加狹鱈。第十六種：狗魚。第十五種：青豆。第十四種：橘子。第十三種：西洋菜。第十二種：芹菜碎，將芹菜曬乾或抽乾水份，營養較新鮮的高。第十一種：番茜乾，同道理。第十種：鱲魚。

第九種：甜菜葉。第七種：瑞士甜菜。第六種：南瓜籽。第五種：

奇亞籽。第四種：扁魚、比目魚、左口魚的各類的魚。第三種：深海鱸魚。第二種：番荔枝。第一種：杏仁。

這都是有根有據的科學分析和調查，絕對可靠，但是我們作夢也沒有想到杏仁那麼厲害，怎麼可以跑出第一位來？今後要多吃杏仁餅了。

第二位的番荔枝也出乎意料，這種台灣人叫為釋迦的水果從前只在泰國吃到，當今各地都種植，澳洲產的又肥又大，皮平坦的不好吃，一粒粒分明的才行。

大家都認為留有奧米加三的三文魚只排在第六十五位，而西洋人也不贊成生吃，他們都要煙燻過的，或者煮得全熟的。椰菜花和西蘭花也不是那麼有營養，排在第九十三至第九十四。

大力水手吃的菠菜，新鮮的只排在第四十五，反而是冷凍過後再翻熱的排在第二十四，營養極高，但不如排在第十八位的葱。

至於我們東方人的主食大米，根本不入流，米飯營養價值極低，我們可以放心吃個三大碗。但米飯當今大家都少食，不如選擇最好的中國五常米、日本米、台灣蓬萊米，貴一點也無所謂了。

對了，在排行榜上你會發現沒有第八位，那就是我最喜歡的豬油了，這一種一直被誤解的食材，原來是那麼有營養的，比甚麼橄欖油、椰子油或各類植物油都有益處，更不必說牛油或魚油了。

當然我們不贊成一有營養就拼命吃，各類食材都吃一點點，營養才均衡，而有甚麼比吃沒營養的白飯，淋一點豬油來撈的更好呢？

哈，哈。

御田

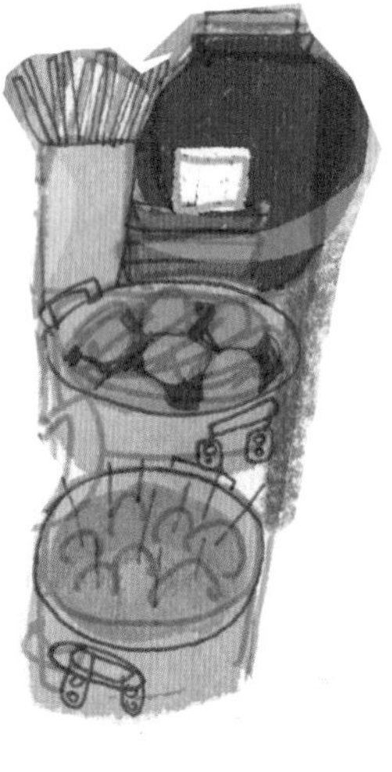

日本料理開得通街是，還可以賣些甚麼呢？友人問。有呀，可賣Oden呀。

先正名。Oden，又叫關東煮，東京那邊的人都叫關東人。關西人，即是大阪附近的，也承認這是東京人發明，但說這是在關東出生，而在關西培養出來的食物。

其實，甚麼是關東煮甚麼是關西煮，沒有很明顯的分別，日本到處都有小店或攤子賣這種小食，Oden寫成漢字，是「御田」，這個田字由「田樂Dengaku」而來，是一種甜麵醬，塗在豆腐或蒟蒻上的吃法。

台灣受日本影響很深，把御田叫為「黑輪」，這是搭上甚麼關係了？會不會是因御田中有一種食材，是用魚餅做成一輪輪一卷卷，叫為「竹輪」而來？

不，不，不，叫為「黑輪」，是要懂得閩南語才會了解的。黑，閩南話不用這字，而取「烏」代替，「輪」則讀成Leang，音與Oden的Den相近，故叫成「黑輪」了。其受歡迎程度，連便利店也賣。

整體來講，有點像客家人賣的「釀豆腐」，把種種豆腐類、魚餅類、蔬菜、雞蛋、牛筋和章魚餅等煮在一起，客人愛吃甚麼點甚麼，多數是當宵夜的。

好吃嗎？食物吃慣了就美味，初嘗不覺得，尤其是對食材豐富的中國南方人來說，覺得粗糙得很。肉和魚的份量極少，湯當然也不夠甜了，但奇怪得很，當天氣一冷，想喝熱湯時，才發覺日本人是絕對不喝

Oden湯的。到底為甚麼？問許多日本人卻問不出道理，他們是群居動物，旁邊的人喝你就喝，大家不喝就不喝了。

Oden把各種不同做法的製品，放在一個分成三四個大格子的鐵鍋中煮出來，一共有幾種呢？

嚴格分拆，而且依足傳統，新派亂加的不算，共分炸類「薩摩揚」，是一種魚漿加麵粉炸出來的餅製品，還有「球餅」、「魷魚卷」、「蝦卷」、「肉腸卷」、「牛蒡卷」、「餃子卷」、「銀杏卷」、「魚皮餅」等共九種。

魚餅類有「Naruto」，是一種白色長條魚餅，裏面用染料做成粉紅色一圈圈，令人看得頭昏眼花（尤其醉後）的魚餅，「魚筋」、「魚丸」、「煙燻魚餅」、「梅形魚餅」、「竹筒形魚餅」、「粉紅魚餅」、「信田卷」、「白燒卷」和「Hanpen」一種白色無味的軟魚餅，

「Kurohanpen」則是黑色的，等等十一種。

粉物類的有「竹輪麩」、「角麩」二種。

蒟蒻類的有「絲蒟蒻」、「白滝」是把絲蒟蒻綑在一起的，以及「板蒟蒻」等五種。

豆腐類的有「絹豆腐」、「木綿豆腐」（即是我們的冰凍硬豆腐）、「燒豆腐」、「Ganmodoki」一種豆腐餅、「京Ganmo」京都式的豆腐餅、「厚揚」厚炸豆腐、「湯葉」腐皮、「巾着」用腐皮做成袋子的食物等八種。

蔬菜類有蘿蔔、芋頭、馬鈴薯、包心菜卷、生口蘑、金針菇、竹筍、尖筍、蕨菜、紫萁、蕗、蒿菜、番薯、紅蘿蔔、香菇等十六種。

水產魚類有海帶、青海苔、八爪魚、金槍魚葱串、小章魚串、魔鬼魚邊，還有一種很特別的叫「Koro」，是鯨魚的皮下脂肪，通常用竹籤

でん

串着吃的，共七種。

最後的肉類，有牛筋、香腸、牛尾、肉丸、豬腸、糝薯、雞蛋、鵪鶉蛋等八種。

總共六十四種，不計算在這裏面的都不入流。

如果要說最正宗的Oden，那麼請到「御多幸」去吧，這家由大正時代（1923）營業至今的老店，是最值得去的店舖，壽司店叫師傅決定為Omakase，但是Oden店則叫Mihakarai，拿出來的多數是這幾種東西，蘿蔔、白魚餅和豆腐餅，湯汁則是用昆布、木魚、醬油和清酒煮出來的，不是很鹹，但極入味，下酒剛好。

地址：東京日本橋2-2-3御多幸大廈

電話：81-3-3243-8282

吃Oden而不喝酒的話，就不像話了，從前的Oden大排檔的大鐵格內

煮着各種食物，而酒的燙法，是從一升瓶裝倒進一個一盒裝的鐵壺內，鐵壺有個鈎子，可以掛在鍋邊，把酒燙熱。

這種燙法也許當今的客人認為不衛生了，已罕見，不過要是你在九州或各縣鄉下找到檔子，或許還是用這種方法燙酒的，說也奇怪，好像特別好喝。

一般的壽司店都不主張外賣，Oden沒有生東西不吃壞肚子，可以打包。如果沒有時間去「御多幸」吃的話，店裏有特製的鐵桶，讓客人把Oden連湯一塊買回去。

在湯中煮了一定時間的食物，通常鹹淡都已經調得好，很入味了，所以不供應醬油、醋之類調味品，但Oden店裏會給你黃色的芥末，覺得單調時，塗一點點芥末在牛筋上，會覺得特別地美味。

但一貪心塗多了芥末，整個人就會被辣得跳起來，那種刺激由鼻腔直攻進腦，眼淚即刻標出，是沒有解藥的，也不需要解藥，只要用手猛拍後腦才行，一過了就整身舒服，而這種痛快感，是會上癮的。

勝新太郎演盲俠的時候，對角色觀察入微，在一場吃Oden的戲中，因為看不到份量而大吞芥末，結果像被觸到電，那種演技，至今不忘。

十大電影

去哪裏買房子？

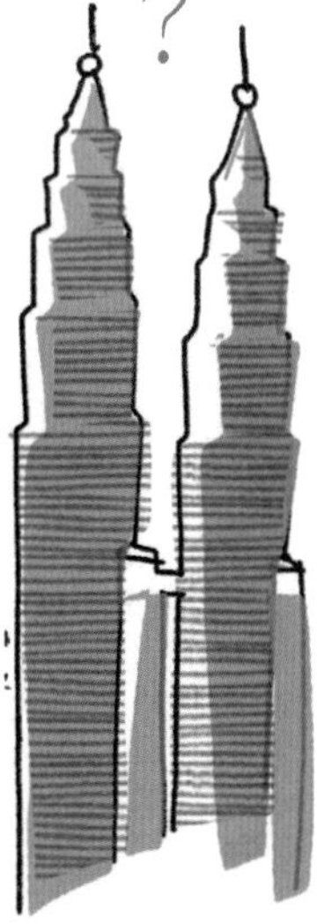

打開本地報紙，你會看到一個怪現象，那就是有很多外國房地產的廣告。香港的已經高不可攀，其他地方相對起來，就感到便宜，大家都心動，去投資一間。

哪裏好呢？目前最熱門的是日本，也的確是最有回報可能性的，自己閒來去住住，不然放在那裏等升值。日本房子不像香港，一空置幾個月就充滿灰塵，那裏的丟棄一年半載還很乾淨，而且請人管理也不難，對方都是很負責的機構，肯花一點錢的話，甚麼問題都能解決。

東京的話，最好是買在築地附近的月島，離銀座也近，如果在大阪，就是黑門市場周圍，那些地方還有一些木造的小公寓可以懷舊一番，閒時買菜買魚，在家做做日本料理，樂融融也。

但是長住的話，日本是一個很難生活的國家，你會發現日本的餐廳吃來吃去食物變化不大，而且交通費十分昂貴，水電費也不便宜，連丟垃圾也要分門別類，還要等規定的日子來收，麻煩得要命。

一居久了，你便會發現許多問題，像醫療、像法律、像種種政府的註冊，就算你能操流利的日文，亦要排很長的隊，也要有種種糾纏不清的手續要辦。

買一間墨爾本的公寓吧，這是一個被聯合國推舉為全球最適合居住的都市，房子比起香港便宜，其實這句是廢話，任何都市，除了紐約、倫敦、巴黎，比起香港來說，都不覺得貴。

但是澳洲人生活沒情趣，我試過在墨爾本住上一年，悶出鳥來。不

出售

Vendita
à vendre
For
Sale

如去多姿多彩的曼谷，至少甚麼都好吃，也能每天按摩，但是泰國的語言難於溝通，長居下來還是很不方便的，而且泰國的房價像永不上升，買很容易，要賣就難，這一點，很多城市都是一樣。

去台南或高雄買吧，講起話來大家都懂，文字也相通，但一住下，你便會發現沒有一輛摩托車是不行的，當地人好像永遠不散步，去哪裏都要坐摩托車。如果買一輛汽車，停起來很不方便，而且台灣人駕車很不守規矩，分分鐘相撞。

新加坡吧？不必想了，那裏除非是買政府公屋，不然比香港還貴，物價也是，你去一去高級超市走一走就知道。汽車的稅也高，雖然停車場收費合理，但是到處要付電子路費。出了名的各種小吃已越來越不正宗，多數是新移民做的，要找古早味，難上加難。

我在新加坡出生，當香港天氣冷的時候我就會想到熱帶去住；當天氣熱時，我更懷念那裏的榴槤，是時候去吃了，也許因為我是一個南洋的孩子，有遺傳基因，懷念滿片的椰林。

椰子樹一株株長並不好看，一排排也普通，要整個林子才美麗，但這已經在新加坡看不到了，也看不到馬來人的小村子，太陽一下山就玩音樂作樂，當今已無我記憶中的新加坡，沒有了椰林，沒有了馬來人的鄉村，已經回不去了。

想了好久，覺得唯一可選的，是去吉隆坡。而且要買在最市中心的地區，幹房地產的人一早告訴你，永遠是地點、地點、地點。

當今我在吉隆坡最繁華的購物中心區看中了一個單位，價錢便宜得令人發笑，尤其是馬幣不斷地下降的時候。也不必買兩三千呎，比酒店大，有廚房，也有工人房就是，這種地點，隨時要賣出去都有人接手。

榴槤季節一到，就可以從香港去住上一兩個星期，再駕車去到檳城，享受另一品種叫「黑刺」，它長得圓圓滿滿，一個榴槤打開之後有很多瓣，不像貓山王那麼歪歪斜斜，沒有多少肉可以吃到。

不過到了馬來西亞也不介意貓山王貴到哪裏去，如果你喜歡就儘管吃好了，花不了幾個錢。最好先用一個大的發泡膠箱，裏面裝個十粒八粒，鋪滿了冰塊，運到家裏隨時打開來吃冰凍的榴槤，這才是最高的享受。

比高價的忘不了河魚，巴丁魚更肥，肚子充滿魚油，買回家洗淨，用一個大鍋子，裏面放老恒和的醬油，加十四代清酒，少許糖，下面生火，一邊煮一邊吃，不能說不完美。

南下，到馬六甲，那裏的古早味雲吞麵和香港的完全不同，加豬油和豬油渣去撈，放點生抽和辣椒醬，佐以那好吃得要命的糖醋青辣椒。

再往南邊走，去柔佛吃螃蟹、那裏的最肥最大，所做的咖喱蟹、胡椒蟹都是百吃不厭的，還有多家肉骨茶，味道不遜發祥地巴生的老店「德地」，一吃難忘。

馬來西亞有了新政府，一切都會欣欣向榮，治安也沒有問題，看了那麼多地產廣告，還是去那裏買房子最值得。有沒有興趣當鄰居？

悼波登

世界上的眾多飲食節目中，不管你同不同意。我認為拍得最好的當然是安東尼．波登Anthony Bourdain主持的，原因很簡單，他很真，不造作。

當然也讀過他的成名作《廚房機密檔案》（2000年）和《名廚吃四方》（2001年），不覺得有甚麼了不起，但是電視節目出來後一看，就喜歡上，而一直追到現在，錯過了就從YouTube找回來欣賞，的確是拍得精彩，與眾不同的。

忽然，在CNN新聞上看到他去世的消息，真是有點愕然。怎麼死的？才六十一歲。原來是自殺。

好端端的一個人，事業的巔峰雖有一點過了，但是正處於收成年齡，為甚麼要結束自己性命？傳媒所有的反應都說是憂鬱。的確，醫學界已經研究出來，這不見甚麼心理上，而是生理的一種病，可以用藥物來治療。

對於他本人，也再沒有甚麼藥可救了，他年輕時已經沉迷海洛因，甚麼毒品沒有嘗過？這一點他從不隱瞞，無數次地公開討論；之後他戒了，但沒有停過酗酒和抽煙；後者也戒掉了，是為了他那十一歲的女兒。

女兒還小，也應該為她而活呀，這一點仍然救不了他。從他最近的節目中，我們可以看到他已經疲倦，雖然還一直探討人生意義，但已經失去了好奇。

這個人的人生哲學有十條：

一，我不管。一向我行我素的他，從不聽意見，所以甚麼防止自殺學會的話也不會聽得進去了吧，他應該感覺到已江郎才盡，這個世界也看透了，沒有甚麼可以依戀才死的，走的是和海明威一條路。

二，做不同的事。其他飲食節目很假，他很真，已是完全不同，他尤其憎恨一些靠飲食節目來賣糖尿病藥的八婆主持人，不停地公開罵她們。

三，永遠準備好。這也代表了先把基礎打好，隨機應變，沒有坐直升機就會成功的事。

四，做的事要自己有興趣，他愛旅行，愛美食，愛交朋友，他說不然怎麼做得下去呢？

五，找尋自己的理想。這是承接做有興趣的事，從這方向去走，去

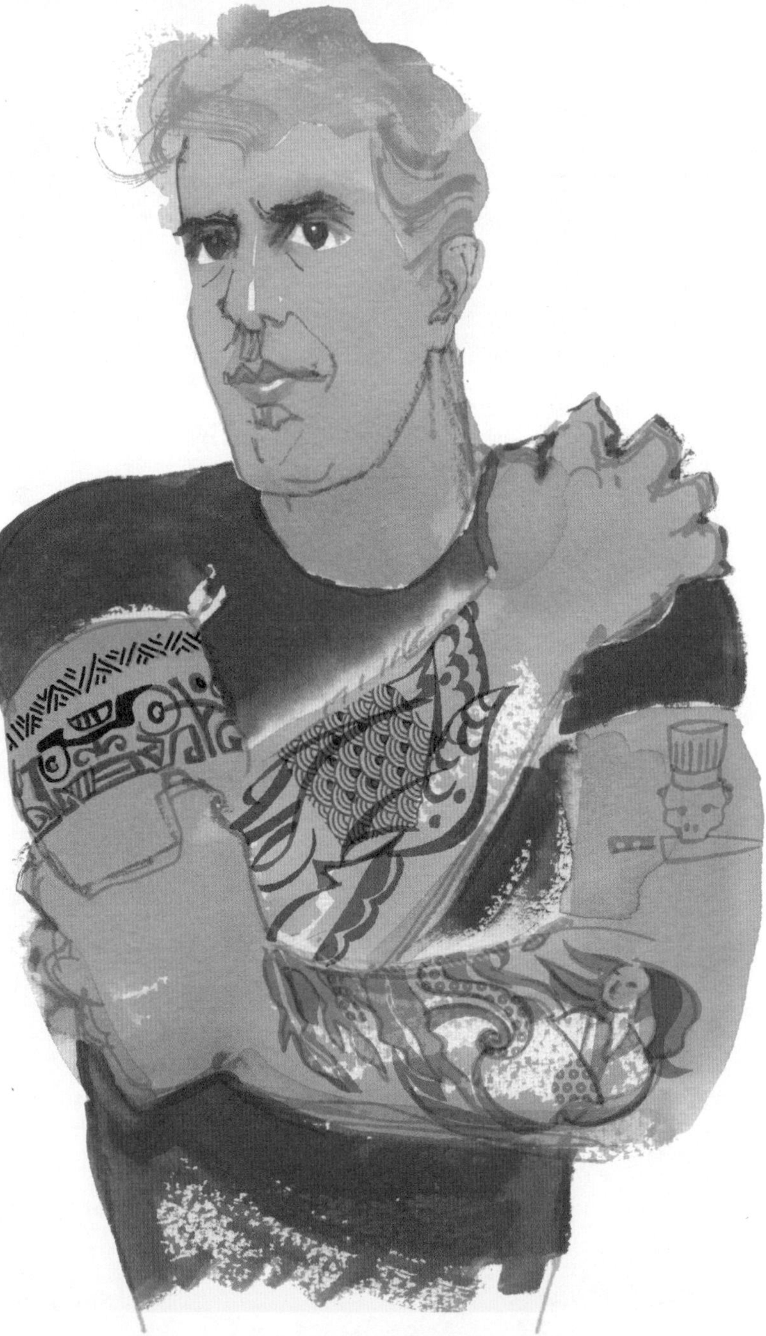

努力，一有機會便去試，努力之後達不到目的，對自己也有個交代。

六，享受過程。也許你的目的不一定會成功，但是已經參與了你喜歡做的，便去享受每一刻的樂趣吧，別一直訴苦。

七，做了才說。別等，別夢想，要實踐，比方說寫作，別管是不是可以發表，是坐下來寫，不開始，永遠沒有機會成功。

八，感情的投入，一接觸到你想做的，就要和談戀愛一樣地無時不刻去和工作交纏，一心一意盲目地投入。

九，抓住機會，不要等，一等就溜走。

十，保持簡單，別把事情搞得太複雜，煎一個雞蛋就一個雞蛋，不要加牛奶加芝士，原汁原味最好。

安東尼．波登所說的，和我們的「做就是五十、五十，不做，機會是零」的想法很相像，不但是做人哲學，吃的喜好也接近。

問他最愛吃甚麼？死前的最後一餐是甚麼？他一向的回答是焗一根牛骨，吃它的骨髓，不然來幾片吞拿魚魚腩刺身，或者是一碗河粉。

他最喜歡吃越南牛肉河了，我想這也是全球懂得吃的人的共同點，他在一個節目中就與奧巴馬一塊聊天，吃的也是越南河粉。

除了這些，他還愛吃烤豬，尤其是那脆豬皮。他也愛新加坡的小吃，可惜他沒有機會嘗到昔時那真正好的。

討厭的食物也很接近，他從不吃飛機餐。

在節目中，有人説他很幽默，但是我看不出他幽默到哪裏去，也不很瀟灑，尖酸刻薄倒是真的。讓人感到好笑的還是那份真摯，只有他敢説出來，觀眾當然聽了大樂，但是的確不屬於幽默。

怎麼會成為一個成功的食家呢？那個美國鄉下長大的小子？那是從他到法國去探親，吃到一等的生蠔開始，愛上了，從此不斷旅行，不斷

追求，大膽地，甚麼東西都可以放進口，包括非洲人吃的羊睪丸、越南眼鏡蛇的膽，但他並不以吃奇怪食物見稱，他曾經說交給那個光頭的胖子吧，說的當然是安德魯·席曼。席曼在訪問中當他是老友，但他顯然地看席曼不起。

並不是對他所有的看法都贊同，那是大家的命不同，成長中的胃各異。他會很欣賞熱狗、漢堡包和披薩，一大口一大口地吞。咦！怎麼會感到那個好吃？這很容易解釋，我們看到他吃熱狗，就像他看到我們吃雲吞麵一樣。

所有節目中，壯年時拍的《No Reservations》最好看，可以翻譯成不訂座，也可以說是不設防，到了近年的《不知名地點》就感到他的疲勞，尤其是拍美國小鎮的，看得辛苦。

著作等身，寫了很多本書，也寫過漫畫式的文章和傳奇小說，最好的一部是《Appetites》，是本烹調書，反璞歸真地寫他做給女兒吃的家常菜。

怎麼教他那兒童吃東西呢？他說不必說這個好吃、那個美味，她喜歡吃甚麼就讓她吃甚麼。不過也要常做一些她沒吃過的，引起她的興趣，讓她來試，試了之後她自然會接受，會去學。也不必怕她那麼小就拿着鋒利的廚刀，割傷一次自然不會有第二次。

這是多麼美妙的「身教」，他的電視節目，也是獻給我們的「身教」。

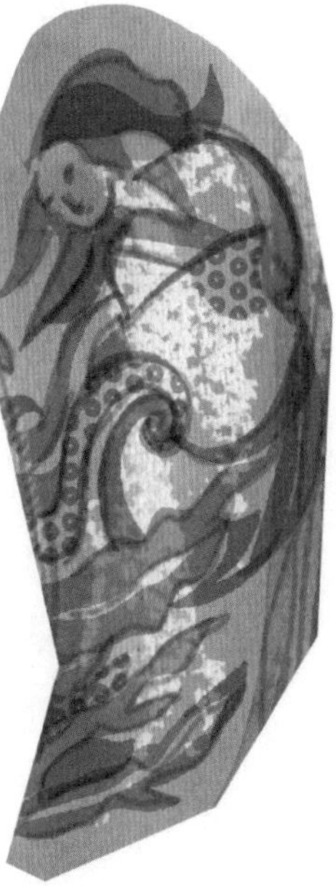

懷念吃飯盒的日子

電影工作，一幹四十多年，我們這一行總是趕時間，工作不分晝夜，吃飯時間一到，三兩口扒完一個飯盒，但有飯盒吃等於有工開，不失業，是一件幸福的事，吃起飯盒，一點也不覺得辛苦。

不怕吃冷的嗎？有人問，我的崗位是監製，有熱的先分給其他工作人員吃，剩下來的當然是冷的，習慣了，不當是怎麼一回事，當今遇到太熱的食物，還要放涼了才送進口呢。

多年來南征北戰，嚼遍各國飯盒，印象深的是台灣飯盒，送來的人用一個巨大的布袋裝着，裏面幾十個圓形鐵盒子，一打開，上面鋪着一塊炸豬扒，下面盛着池上米飯。

最美味的不是肉，而是附送的小鯷魚，炒辣椒豆豉，還有醃蘿蔔炒辣椒的，簡直是食物的鴉片，當年年輕，吃上三個圓形鐵飯盒面不改色，有剩的話。

在日本拍外景時的便當，也都是冷的。沒有預算時除了白飯，只有兩三片黃色的醬蘿蔔，有時連蘿蔔也沒有，只是兩粒醃酸梅，很硬很脆的那種，像兩顆紅眼猛瞪着你。

條件好時，便吃「幕之內便當」，這是看歌舞劇時才享受得到的，裏面有一塊醃三文魚、蛋卷、魚餅和甜豆子，也是相當地貧乏。

不過早期的便當，會配送一個陶製的小茶壺，異常精美，蓋子可以當杯，那年代不算是甚麼，喝完扔掉，現在可以當成古董來收藏了。

並非每一頓都那麼寒酸，到了新年也開工的話，就吃豪華便當來犒賞工作人員，裏面的菜有小龍蝦、三田牛肉，其他配菜應有盡有。

記得送飯的人一定帶一個鐵桶，到了外景地點生火，把那鍋味噌麵醬湯燒熱，在寒冷的冬天喝起來，眼淚都流下，感恩、感恩。

在印度拍戲的一年，天天吃他們的鐵飯盒，有專人送來，這間公司一做成千上萬，蔚為奇觀，分派到公司和學校。送飯的年輕小伙子騎着單車，後面放了至少兩三百個飯盒，從來沒有掉過一個下來。

裏面有甚麼？咖喱為主。甚麼菜都有，就是沒有肉，印度人多數吃不起，工作人員中的馴獸師，一直向我炫耀：「蔡先生，我不是素食者！」

韓國人也吃飯盒，基本上與日本的相似，都是用紫菜把飯包成長條，再切成一圈圈，叫為Kwakpap，裏面包的也多數是蔬菜而已。

豪華一點，早年吃的飯盒有古老的做法，叫做Yannal-Dosirak，飯盒之中有煎香腸、炒蛋、紫菜卷和一大堆Kimchi，加一大匙辣椒醬。上蓋，大力把飯盒搖晃，將菜和飯混在一起，是雜菜飯Bibimbap原形。

到了泰國就幸福得多，永不吃飯盒。到了外景地，有一隊送餐的就席地煮起來，各種飯菜齊全，大家拿了一個大碟，把食物裝在裏面，就分頭蹲在草地上進食。我吃了一年，戲拍完回到家裏，也依樣畫葫蘆，拿了碟子裝了飯躲到一角吃，看得令家人心酸，自己倒沒覺得有何不妥。

到了西班牙，想叫些飯盒吃完趕緊開工，但工會不許，當地的工作人員說：「你瘋了？吃甚麼飯盒？」

天塌下來也要好好吃一餐中飯，巨大的圓形平底淺鐵鍋煮出一鍋鍋海鮮飯來，還有火腿和蜜瓜送，入鄉隨俗，我們還弄了一輛輕快餐車，煲個老火湯來喝，香港同事們問：

「咦！在哪裏弄來的西洋菜？」

笨蛋，人在西洋，當然買得到西洋菜。

在澳洲拍戲時，當地工作人員相當能捱苦，吃個三文治算了，但當地工會規定吃飯時間很長，我們就請中國餐館送來一些飯盒，吃的和香港的差不多。

還是在香港開工幸福，到了外景地或廠棚裏也能吃到美味的飯盒，有燒鵝油雞飯、乾炒牛河、星洲炒米等等。

早年的叉燒飯還講究，兩款叉燒，一邊是切片的，一邊是整塊上，讓人慢慢嚼着欣賞。叉燒一定是半肥瘦。怎麼看出是半肥瘦？容易，夾肥的燒出來才會發焦，有紅有黑的就是半肥瘦。

數十年的電影工作，讓我嚐盡各種飯盒，電影的黃金時代只要賣埠（賣版權的意思），就有足夠的製作費加上利潤，後來盜版猖狂，越南、柬埔寨、非洲各國的市場消失，香港電影只能靠大陸市場時，我就不幹了。

人，要學會一鞠躬，走下舞台。人可以去發展自己培養出的興趣，世界很大，還有各類表演的地方。

但還是懷念吃飯盒的日子。家裏的餸菜很不錯，有時還會到九龍城的燒臘舖，斬幾片乳豬和肥叉燒，淋上滷汁，加大量的白切雞配的蔥茸，還來一個鹹蛋！

這一餐，又感動，又好吃，飯盒萬歲！

可不可以和你拍一張照片？

不知不覺之中，我也成為了所謂的「名人」，時常有陌生人問：

「可不可以和你拍一張照片？」

對方很客氣，我當然不會拒絕，要拍多少張都行，從小被父母親教育，人與人之間，應該有互相的尊敬，這是基本的禮貌，必定遵從。

不喜歡的是，連這一點最低的要求都不懂，譬如就來一句：「喂，蔡瀾，合拍一張？」

我多數當對方是透明，裝聾作啞，從他身邊經過。心情好的時候，我會說：「對年紀比你大的人，不可以呼名道姓。」

這是事實，對方的父母沒教他，由我來倚老賣老指出，對他們也不無好處。

有些聽到了，靦腆而去。有些反臉：「不拍就不拍，你以為我會稀罕？」

對着此等人間廢物，只有蔑視。

在新書出版後的簽書會上，很多讀者要求合照，隊伍太長，一位位拍，時間是不夠的，我關照助手替對方拿着手機，要他們站在我身後，一面簽名一面拍。

多數讀者會滿意而去，但也有很多說：「直的一張，我們再來橫的一張，看看鏡頭！」

這時我心中開始厭煩，雖不作聲，但是表情已經硬，擠不出笑容了。

有些相貌娟好，言語不俗，以為是很喜歡看書的知識分子，智商一定很高，豈知眼對鏡頭，他們即刻舉起剪刀手來，作勝利狀，我看了也苦笑作罷了，不會生氣。年輕人喜歡作V字狀，情有可原，七老八老，還要作此動作，就顯出智商低了。

答應了和對方合照之後，他們會越走越近，我一向越避越開，卻還得保持客氣，但他們得寸進尺，伸出手來要擁攬我肩膀，這就很討厭了。

是的，人與人之間要互相尊重，但是對年紀比我們大的人，不可作親友狀，我與金庸先生認識數十年，也不敢作此大膽無禮的動作，非親朋戚友，怎可勾肩搭背？

走進食肆，店主有時要求合照，從前我來者不拒，後來聽到很多人投訴，看到我的照片才去吃的，怎麼知道東西嚥不下喉？

被冤枉多了慢慢學乖了，一進門就要求拍照時，我會說等吃完再拍好了，如果難吃的，就一溜煙跑掉，東西好吃，我則會很樂意地和他們拍照。

有時候，怎麼也避免不了，去了一個飲食人的聚會，多人要合拍，也一一答應了，第二天便被貼在店外。當今，在這種情形，我多數不笑，所以江湖上已傳出，要看到照片上我笑的才好去吃，這也是真的，沒有說錯。

有時我還會主動，要是東西好吃，我請廚房的所有同事都出來合拍，看見有些服務員站在一邊不敢出聲，我也一一向她們招手。

拍全體照最費時，通常他們要我坐下，然後一個個加入，我左等右等，大家還是沒有排好位置！吃虧多了，就要求

大家先擺好姿態，留中間一張空櫈，等到最後我才坐上去，年紀愈大愈珍惜時間。

合照可以，握手就免了吧，我最怕和人握手了，對方的手總是濕膩膩的，握完就要去洗一次手，洗多了脱皮，也變成了潔癖。很怕握手，但對方伸出來，拒絕了很不禮貌，我多數拱拱手，作抱拳答謝狀，向各位說：「當今已不流行握手了。」

從前有過一陣子，聽別人説不如叫那些要合照的人捐一些錢作慈善吧，我叫助手拿了一個鐵筒收集，也得過不少零錢，至今嫌煩，不如自己捐吧。

在香港的街上，遇到遊客要求合照，我當然也沒拒絕過，當自己是一個旅遊大使，為香港出一分力也是應該的，烈日和寒冷天氣下，我還是會容忍。

要求之中，最討厭的是「自拍」了，所有自拍，人都要靠得極近，對方又不是甚麼絕色佳人，而且，一自拍，人頭一定一大一小，效果不會好的，通常我會請路過的人替我們拍一張算數。

遇到自己喜歡的人，我也會像小粉絲一樣要求合拍，對方若拒絕，也會傷心，但好在沒有發生過這種情形，因為我的態度是極誠懇的。最後一次，是在飛機上遇到神奇女俠Gal Gadot，她很友善，點頭答應，微笑着合拍了一張。

想起一件往事，拍《城市獵人》時，從日本請來了當時被譽為最漂亮的日本女明星後藤久美子，在香港遇到影迷時被要求合照，日本的明星大多數會拒絕，不拒絕經紀人也會教他們拒絕，久美子也不肯，成龍看到了說：「他們是米飯班主呀。」

後來久美子遇到影迷，也都笑臉迎人了。

十大電影

「臉書」上，近日流行請網友選出他們最喜歡的十部電影，一個傳一個，還沒有叫到我，已經等不及了，不如先來一個「自選」。

我是天生的電影狂熱者，自小至今，幾乎每天都要看一兩部才過癮。出來工作，又幹這一行，為了知彼知己，工作上也需要參考別人的作品，而且明白電影製作過程的困難，自從舞台上一鞠躬退下之後，還是不斷地往戲院鑽，或是在家看影碟，可以說是看得多的其中之一人。

叫我選「十部我最愛的」，不難，隨時背都背得出：

第一部，是《2001太空漫遊，2001:A Space Odyssey》（1968），我

在五十年前第一次看時，還是Cinerama放映，那是一種三架放映機綜合起來的制度，銀幕大得不得了，當今再也沒辦法重現了。

首次接觸，我只能以「震撼」這兩個字來形容我的感覺，跟着我一有機會便重看後又重看，每一次看都有新的發現，這和聽一首交響樂異曲同工，最初喜歡上一段主題音樂來，其他你沒聽出來。再看時，便是發現這裏多了喇叭，那裏多了大提琴，不斷地吸引着你，永恒的電影，就有這種效果，與其他的一比，它們就像是鋼琴或小提琴的獨奏了。

第二部，《亂世兒女，Barry Lyndon》（1975），也是史丹利·寇比力克導演，事實如果不是要求變化，我十部最喜歡的電影，都是他的作品。

當年和亦舒一齊看這部片子時，她說：「簡直是老得掉牙的青年人力爭上游，而放棄人生的故事，謝賢在粵語片中不知道演過多少次，但看到人家拍得那麼出色，羨慕極了。」

是的，完全不打燈，根據當年的歷史，像油畫般一幅幅地重現，製作極為困難。男女主角從室內走到陽台，是怎麼拍的？還有男主角的斷腿，至今還是令到觀眾嘖嘖稱奇。

音樂用了Women of Ireland，糾纏之極，是一部永垂不朽的鉅作，不容錯過。

第三部，《大國民，Citizen Kane》（1941），講美國報業鉅子的一生，主角兼導演的奧遜．威爾斯從年輕演到老，全無破綻，當年他只有二十五歲。

許多拍攝角度至今看來還是簇新的，再也沒人會用。另外，那玫瑰花蕾是甚麼意思，這麼多年來還是令觀眾不斷猜測。

第四部，《教父，The Godfather》（1972），能把黑手黨的血腥之

暴力拍成史詩，是罕有的功力，導演哥普拉不但在選角和攝影上處處表現出一流的藝術性，是極不容易的。其實《教父續集》拍得還要好，但始終衝擊性不如第一部；第三和第四部就沒甚麼看頭了。

順帶一提的是音樂，是導演父親的傑作，沒有一個看過此片的人會不記得它的主題曲。

第五部，《七俠四義，SEVEN SAMURAI》（1954），黑澤明導演，講已經被時代淘汰的武士們，如何配合了農民反暴的故事，簡直是動作片中的經典，好萊塢也不斷地改編重拍，還是不斷地吸引着觀眾，編劇橋本忍得記一功。

之前，黑澤明在《羅生門》中的攝影，已讓所有的影評家折服，這部片中更是不斷更為創新，武士和農民們在雨中殺敵的戲，不是沒有超強的體力能拍得出的，這一點胡金銓導演也説過：「在技巧上也許能夠做到，但是體力上一定比不上黑澤明。」

第六部，《北非諜影，Casablanca》（1942），雖然是電影公廠的產品，但一切配合得完美，故事引入入勝，主題曲〈As Time Goes By〉，令墮入愛河的男女難忘。總之，各方面都能照顧到，就算只喜歡標奇立異，討厭商業片的影評人也要折服。

第七部，《芭比的盛宴，Babette's Feast》（1987年）拍攝的丹麥電影，得到同年的奧斯卡外語片金像獎，說一對姐妹主婦收養了一個沉船後飄流到島上的難民，一天她中了彩票，為了報答她們，做一頓豪華奢浮的菜，姐妹的老情人吃了，才揭露出這難民原來是巴黎最出色的廚師的故事。

片中的菜一道道仔細介紹，觀眾看了一點也不悶，和老情人一樣地驚訝，喜歡吃的人，千萬不能錯過。

第八部，《金玉盟，An Affair To Remember》（1957），這部愛情片迷倒古今影迷，紐約的帝國大廈，也成為天下情人憧憬的約會地點，同名的主題曲繞樑三日。

第九部，《黃昏之戀，Love In The Afternoon》（1957），喜劇愛情片的代表作，Billy Wilder導演，I.A.L. Diamond的黃金組合，在笑聲中描述憂怨浪漫的故事，主題曲〈迷惑，Fascination〉真的把觀眾也迷惑了。

第十部，《第三個男人，The Third Man》（1949），Carol Reed導演的英國片，Robert Krasker攝影，黑白片中的光與影在此片發揮得淋漓盡致，是電影學生的教科書，所用的Zither音樂，沒有一個聽過的人能夠忘記的。

傳奇電影

先講兩個人，一個叫蕭門．隆堡Sigmund Romberg，一個叫荷西．費勒Jose Ferrer。

兩個人怎麼搭上關係？蕭門．隆堡又是誰呢？也許年輕人連荷西．費勒也沒聽過吧。

先說隆堡，他是《學生王子 The Student Prince》的作者，連同《沙漠之歌 The Desert Song》和《新月 The New Moon》在二十年代膾炙人口，紅極歐美歌壇。傳記《我心深處 Deep In My Heart》（1954）是米高梅在五十年代拍的一連串作曲家電影之中最賣座的一部。

戲中當然出現了《學生王子》的《我心深處 Deep In My Heart》和《月光曲 Serenade》由各大歌星舞者如Cyd Charisse, Vic Damone, Ann Miller, Howard Keel等客串，還有Gene Kelly和他的弟弟Fred Kelly很難得地一齊跳舞，而飾演隆堡本人的就是荷西．費勒了。

如果你不記得荷西的話，應該也看過他在《沙漠梟雄 Lawrence of Arabia》1962，他在片中只出現了幾場戲罷了，演一個有斷袖癖的土耳其軍官，非常之邪惡，令觀眾留下深刻的印象，荷西自己也很滿意這個角色，並不介意是否是主角。

上了年紀的觀眾當然記得荷西的傳記電影《風流劍俠 Cyrano de Bergerac》，這部講大鼻子情聖的片子讓他得到一九五〇年的奧斯卡男主角獎。

近年來傳記電影大興其道，凡是演員想得到甚麼獎，都要找一個歷史人物來演，像二〇一八年演邱吉爾的加利．奧文。當今的化裝技術極佳，兩個在體形容貌完全不同的人，也化得非常相似，加上演技的高超，連性格也演繹出來，不像一九五〇年拍的《風流劍俠》時，只黏上一個木偶式的大鼻子。

我們常說比小說更神奇，真實人物的故事的確精彩，令到好萊塢樂此不疲地繼續拍下去，反正歷史人物多嘛，越早的越好寫劇本，越近的越難了，《黑暗對峙 Darkest Hour》幾乎是個奇蹟，其實演邱吉爾的話，在身形外表上得來輕而易舉的反是John Lithgow，他在Netflix製作的《皇冠 The Crown》中演來毫不花氣力，沒有人相信他是一個大美國佬。

IMDb選出的一百部自傳式電影中，得到首位的是《舒特拉的名單 Schindler's List》（1993），觀眾多於在這部戲出現之前不知道此君是

The New Moon

誰，故事要怎麼講就怎麼講，不覺有何稀奇，反而得到排名第四的《狂牛 Raging Bull》（1980），真實人物有許多紀錄片和照片，扮起來也的確不易。主角羅拔・狄尼路難演，從體重增加到拳擊的技巧的出神入化，都是一番心血。

羅素・考爾Russell Crowe來演數學家John Nash時，Nash還是活生生的，不過看過真人的照片和這個澳洲明星兩人根本沒甚麼關連，他演他的，這片子成功完全是導演Ron Howard的功力，《有你終生美麗 A Beautiful Mind》排名第八。

有時候找到一個紅極一時的演員，要拍甚麼傳記片都行，Leonardo DiCaprio演荷活・休斯時身材肥胖臃腫，黐上兩撇小鬍子就要演英俊瀟灑的休斯，怎麼講也講不過來，休斯留下大量的紀錄片，本人個性又太強，這個《娛樂大亨 The Aviator》（2004）還沒開拍已注定失敗。

外形相像還是能加分，像Ben Kingsley來演甘地，《Gandhi》（1982），一定得金像獎，Eddie Redmayne在《愛的方程式 The Theory Of Everything》（2014）中演霍金，都是很好的例子。

完全靠演技來說服觀眾的，有Michelle Williams，她那麼一個家庭主婦的形象，扮一個冶艷性感的瑪麗蓮夢露，而演得那麼神似，的確是不易的事，在《情迷夢露七天 My Week With Marilyn》（2011）中她就做到了。

當然，我們也不能忘記Marion Cotillard在《粉紅色的一生 La Mome》（2007）中演的法國歌手Edith Piaf。

中港台找傳記人物來拍的電影不多，故事也不夠深入，雖說講故人，也不大膽描述，談阮玲玉的不行，講蕭紅的《黃金年代》（2014）也不是那回事，反而是意大利拍的《末代皇帝》（1987）有點傳記人物味道。

好萊塢還是樂此不疲，講畫家的尤其來得多，早在一九五六年就拍了梵高的《Lust For Life》，當年的美國電影導演的藝術修養還是有些底蘊，Vincente Minnelli懂得畫家的心理，只可惜男主角Kirk Douglas甚麼電影都演得過火。

最浪漫，最神似，一切天衣無縫的製作，是《青樓情孽 Moulin Rouge》（1952）（請注意，千萬別與二〇〇一年澳洲人拍的劣片混亂），導演John Huston的藝術修養極深，把十九世紀的巴黎紅燈區全部在攝影棚中搭了出來，也同樣用了荷西．費勒當男主角，將侏儒畫家Henri de Toulouse-Lautrec不用特技，也毫無破綻地表現，更難得的是拍出畫家的瘋癲和對美的追求，這是電影史上一部完美的傳記電影，各位有機會遇上，千萬

不能錯過。

荷西・費勒原來還是一個波多黎各人，跑到好萊塢闖天下，作品大起大落，到了老年角色少了，連成龍的《殺手壕》也接來拍，他毫不諱言，為了錢甚麼都幹，但他也善用金錢，結婚四次，付了巨額贍養費，老年似乎過得好，美國的演員公會由他組織，造福不少失業的同行，他的一生，也足夠拍一部傳記電影。

錢湯

日子容易過了，大家都到日本觀光，住酒店，不會到公眾澡堂子沖涼。我去時是個窮學生，租的房子有個洗手間，已算是高級，一般的廁所都沒有，要洗澡時，只有去「錢湯」。

早年到處都有，當今已罕見了，但想試生活在日本的情懷，總得找個機會到錢湯去浸它一浸。

別誤會，這絕對不是甚麼溫泉。錢湯的建築從遠處就可見到，因為它有個高煙囪，熱水都是燒出來的，不含甚麼礦物質。不過當年的日本，用的都是地下水，可以直接飲用，非常乾淨的。

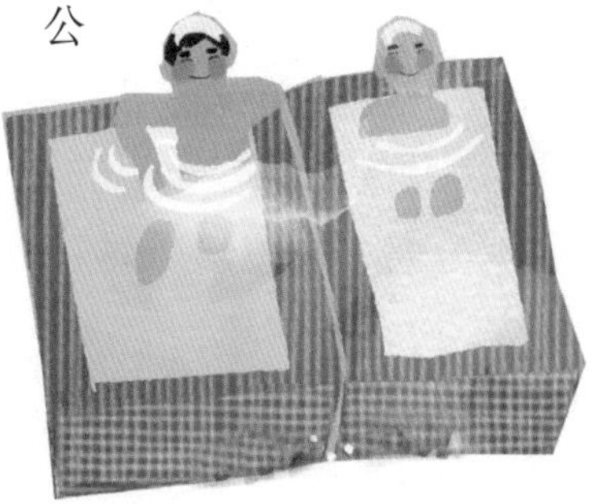

我住過的地方叫大久保，要洗澡時可去車站附近的錢湯，或走路到東中野，也有一家。夏天當是散步，穿着浴衣上街被涼風一吹的感覺不錯。到了天冷，就得披上厚衣服，瑟瑟縮縮地快步衝進浴室了。

通常拿着一個籃子或一個自家用的塑膠水桶，裏面裝有肥皂、大小毛巾、剃刀之類，那時洗頭水還是奢侈品的年代，都只用肥皂。

錢湯的入口有一定的形狀，那是一種叫「唐破風」的格式，屋頂中央凸起，兩側向下彎，成為弓形的建築，在唐朝很盛行，到了宋代就沒落了，日本還是一直保留着，很多建築物中能夠見到。

把木屐除下走了進去，先付個二十円的收費，旁邊有一排一格格的小櫃子，鎖匙是用木塊做的，一按門就開了，把衣服和貴重東西放在裏面，脫光拿着那個塑膠桶走進浴池。

入口處當然分男女，男的叫男湯，女的叫女湯，日本所有熱水都叫湯，其實這是中國古字。中間用一大塊木板隔住，木板高處有一個叫「番台」的座位，那是給管理員坐的，管理員可有男的，也有女的，日本人習以為常，也不覺得給異性看到有甚麼不妥，一般坐在番台上的是錢湯的老闆或老闆娘。

入浴之前先得把身體洗淨，那是一排排的水喉，前面有塊鏡子，用不慣花灑的老日本人，先擰龍頭，把冷熱水調好後往身上倒。

之前先用小毛巾把帶去的肥皂往毛巾上塗，然後用它來擦身體。大人小孩一塊去錢湯，大人擦不到背部，就叫兒子代勞，這種風俗很溫馨，可以減少兩代人之間的隔膜，這是日本文化的好處。

肥皂擦完就拼命用水往身上沖去，那不是惜水的年代，沒甚麼環不環保的，沖個乾乾淨淨之後，才能走進池子浸，名副其實的「泡湯」，

當今台灣人還是那麼叫的。

池子牆上，多數用小石砌成的圖案，一般都是富士山風景。沒錢砌小石子的，就請人畫在石牆上，也是富士山。池子分冷水的，和很熱的，年輕人膽大，去泡冰水，上了年紀的就不幹了，直接泡熱湯。

擔心熱氣直通上頭，日本人入浴時喜歡把小毛巾浸在冷水中，擰個半乾，放在頭上，就在池中浸個老半天也不出來，外國人不習慣，一下子就熱到昏頭昏腦。

如嫌累贅不帶那麼多東西入浴的話，可向「番台」買一套用品，裏面有小毛巾、肥皂和一小袋洗頭水。坐在「番台」上的老闆或老闆娘的另外一個任務，是和浸浴的客人打交道，說說家常，因為都是熟客。

舊時的錢湯，只隔一板，男的可以聽到女方或相反，對方在八卦私隱時，就會開口大罵。有時忘記了帶肥皂，便叫丈夫或太太丟過來，扔

女
男
鶴乃湯

不準，便打到別人頭上。

出了一身汗，從池子爬出來後，第一個想到就是喝一杯冰冷的啤酒，這也解釋為甚麼啤酒在日本特別流行的原因，夏天太熱了大叫口渴死了，冬天又叫乾死了，任何時候，都要來一口啤酒。

入喉時，便會聽到「沙」的一聲，很奇特的感覺，這種樂趣，是泡湯後最高的享受。

不可以喝酒的小孩子，浸完也特別口乾，這時他們會投入錢幣買一瓶冰凍的牛奶，通常覺得紙包裝的不好喝，一定要玻璃瓶的「明治」或「森永」，各個地區也有他們當地的，有「大山」、「北川」等等。

牛奶分純牛乳、咖啡牛奶或果汁牛乳，以六十五度、三十分鐘的低溫殺菌，故能保持牛乳的香味，特別好喝，可以喝個不停，一瓶又一瓶，喝到拉肚子為止。

怎麼浸，身體還是有些地方洗不到，這時不去錢湯而到「人間船埠Ningen Dock」去了，那裏面有一群的大肥婆，用毛巾或刷子拼命地搓掉你身上的老泥，成為一條條，落到地上，還要指出給你看，她們才過癮，這些人間船埠從前在築地或東京車站都有，當今已經不見蹤迹了。

如果你對錢湯有興趣的話，現存的在東京台東區有「燕湯」，大田還有「明神湯」，都北區有「稻荷湯」，在你入宿的酒店禮賓部問一問，就知道地址，不妨一試。

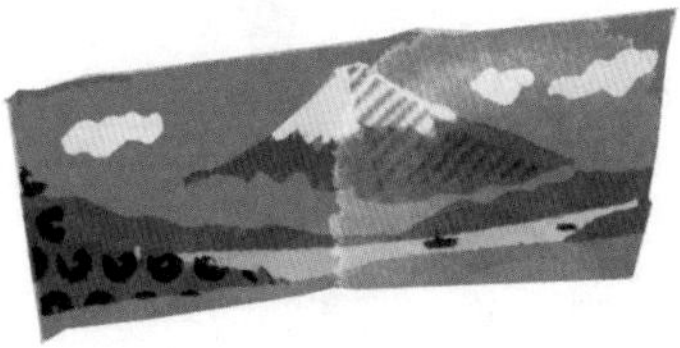

前言

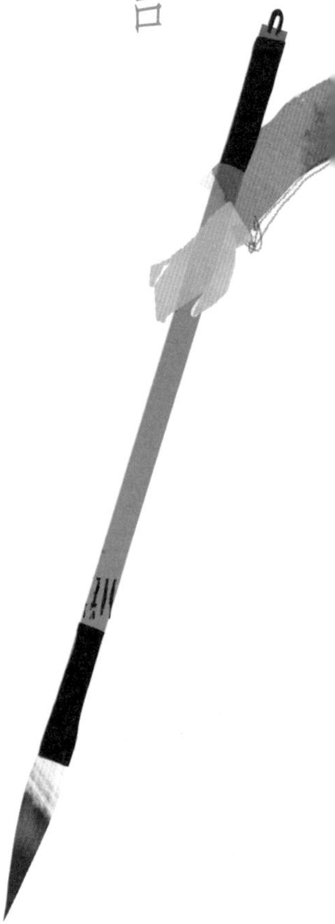

二〇一八年十月六日至十月二十四日，我又將在青島舉行第三個書法展，地點是青島市嶗山區海爾路一百八十二號的青島城市藝術館。

這次當然也有蘇美璐的插圖原畫襯托，才能出色，我們兩人的作品已一同走過三十多年，可以說得上是形影不離。如果以世俗說上收藏價值，那麼她的繪畫遠比我的書法高。

為甚麼要開書法展？好玩嘛。過程中會認識許多有趣的人物，今人古人，這個字為甚麼他可以寫得這麼美？難嗎？當然不容易，也不是不可能學得幾分像樣的。

熟能生巧四個字是條康莊大道。不遲不遲，我四十歲之前的字，用我爸爸的話，是鬼畫符，各位拿起筆吧，一定會寫得比我好。

我想講的是：書法不一定是悶，樂趣是無窮的，有很多人一直往古板大道理去鑽，那就枯燥無比了。我拿起筆來，第一次寫的就是「別管我」，從此我要做甚麼就是甚麼了，沒有人管得了我做這些甚麼。我已經進入我自己的世界，我自由了。

上兩次在北京和香港的榮寶齋展出所以會成功，都因為我不說教，在內容上我盡量放鬆，甚至俚語也搬了出來，來參觀的，覺得我像是一個「人」。

通過互聯網和社交平台，如果你不能夠來到青島也不要緊，我會將每一幅展出的字陸續用新科技發表，如果你看到喜歡的，就可以在電腦上認購了。會寄失嗎？有根據的話，我重寫給你就是。

也可以為各位題上上款的，甚麼先生雅屬等等字眼，不另收費用，而展覽的目的在於多賣，任何方法都行，何必忌諱？

我老師馮康侯先生也曾經告訴過我：「別以為這是一件甚麼清高的事，我開書法展時，遇到甚麼俗人，也照樣把內容解釋一下。」

這教訓得好，為甚麼要解釋，不如把字寫得易懂一點，將字句寫得親切一點，近人性一點，但也不必討好買者而委曲自己，不會寫上祝您榮華富貴等字眼。

第一個展覽名叫「草草不工」，那是我最喜歡的四個字，的確是草草，的確是不工。第二個題為「可懸酒肆」，就是因為我的字有很多餐廳想要，也托福這群餐廳老闆，字的價錢才能愈來愈高，實在感謝他們。展品中也有些投其所好的，像「一粒米中藏世界，半邊鍋裏煮乾坤」，「世間浮雲何足問，不如高臥且加餐」等等。

這一次的「還我青春火樣紅」，是我喜歡的句子，出自臧克家的詩「自沐朝暉意蓊蘢，休憑白髮便呼翁；狂來欲碎玻璃鏡，還我青春火樣紅」。

我不愛新詩，它根本就是切斷了的散文，這首舊詩體的，平易近人，非常欣賞。

至於展出內容，也和以往的一樣嬉笑怒罵，這一次的展出青島出版社還替我出版了一本我的書法集，結合了前二次的，內容相當豐富，大家若有心買我的字，謝謝了，不然用不着花那麼多錢，買本書法冊好了。

這次還有些我喜歡的句子，像「趁早做完悔不當初事」、「今晚我要笑着睡覺」、「活得一天比一天更好」、「何必活得那麼辛苦」、「仰天大笑出門去」等等，希望各位也愛看。

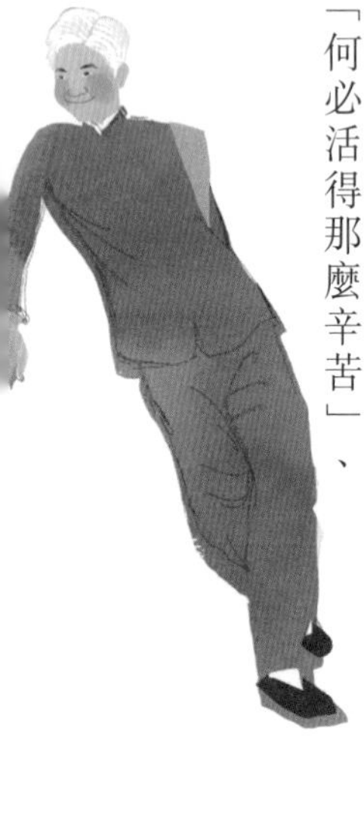

負責裝裱的杜國營，他是我的網上生意夥伴劉絢強手下的大將，做事認真，深得我心，這次展出也是由他和青島出版社仝人一起努力出來的，功勞不淺。

能辦得成，主要的還是青島出版集團的董事長孟鳴飛先生，他是我所遇見過的最優秀領導人之一，做事一言九鼎，為人又親切，談吐幽默，每次和他聊天，都愉快之至，怪不得他領導的團隊如總經理賈慶鵬、原副總編輯高繼民、副總經理劉海波，以及副總編輯劉咏，都是一流人才。

替我出書時，最初接觸到的是該集團美食圖書編輯部主任賀林和董事會秘書兼青島城市傳媒股份有限公司副總經理馬琪這兩位身高七呎的山東大漢，我和他們一見如故，也許是因為我和山東人特別有緣吧。

想起我當學生時，從日本背包旅行到的就是韓國漢城，在那裏結識的一群熱血青年都是山東人，開口閉口就是「喫之」，甚麼東西吃了才算數，記憶猶新。

這些朋友留給我的山東印象至今不忘，非常之美好。

另外要道謝的是青島新華書店有限責任公司董事長李茗茗，她知道我對沒吃過的東西有濃厚的興趣，就用山東的生醃螃蟹來引誘我，食物沒有吃到之前，講得天花亂墜，引得我口水直流，因為當時不當季，說得我心癢癢地。

當然，我翌年又重訪青島，可惜剛剛肚子不適，說甚麼也試了好幾隻，但沒吃出她講的味道，我今年乘開展覽非得再去吃一次不可。

另外一個重要原因，是每次去，馬琪一定從青島啤酒廠買了兩大袋原味啤酒給我喝，相信我，是不同的，是好喝到極點的，是喝了忘不了的。

韓國情懷

韓國友人問我：「你來過多少趟？」

「至少一百次。」我回答。

是的，數不清的，我和韓國結緣，從當學生時背包旅行開始，後來又自己去玩了，再下來是為工作。當年拍電影，遇到有雪景時，製作費大的就去日本，低的便去韓國了；在首爾附近的雪嶽山，我到過不知多少回。加上亞洲影展，把香港電影的版權賣去，去那裏拍旅遊節目，後來帶旅行團等等等等，真的上百次絕不出奇。

和一個地方結緣，也要看運氣，我每次去的經驗都是好的，結交的

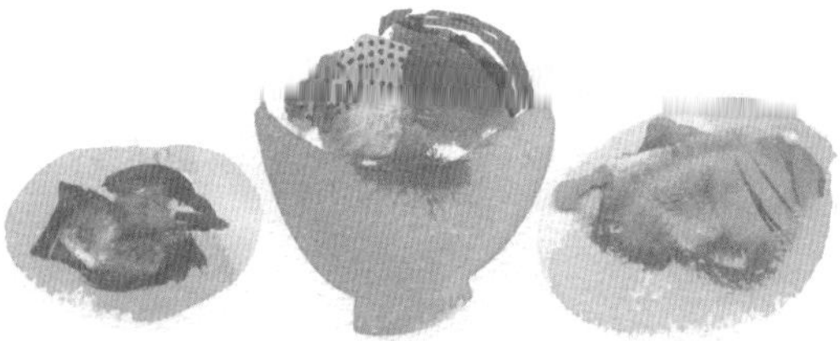

朋友，更是有趣的居多。對於他們的食物，我瞭若指掌，非常非常地欣賞，回到香港兩三個星期不嚐，便渾身不舒服。這幾天假期，太遠的地方不去，也到九龍城的一家叫Kim's Garden大喝馬格利土炮，大吞Kimchi，才大呼過癮。

對韓國的這種情懷，不是經過長時間，是培養不出來的。前幾天寫文章，提到初次去當年的漢城，結交的一群山東朋友，更勾引出許多難忘的往事。

當年在日本有個同學叫王立山，我在邵氏駐東京辦事處工作時，也就請他來當助理。王立山是位韓國華僑，姐姐還在漢城開館子，那時候的華人，幾乎都是賣炸醬麵的。和王立山飛抵金浦機場後，白天到處玩，晚上就在館子裏的餐房打地鋪。

王立山的一群老朋友都來請我們吃飯喝酒，印象最深的是一個斷臂的畫家，一個在電台工作的鞠伯嶺，另一個也是開館子的老曹，大家說的國語滿口山東口音，把「吃」說成「喫」，年輕人沒有苦惱，一切以「喫之」解決。

五十多年前的漢城，人民窮困，衣服還是破爛的，這群友人算好，都穿得光鮮，帶來的韓國女朋友也都長得高大漂亮，不過沒有錢去整容。

到百貨公司新世紀，裏面的女售貨員都精挑細選出來，那是要得到一份工作都是不易的年代。在街上走走，也發現美女比東京來得多多聲。

「怎麼樣，喝杯咖啡去吧？」對外國人感到好奇，很容易說服。韓國女人比男人多，韓戰之後當兵的多數死了，女的為數加倍，年輕男人身旁沒有女伴，像是說不過去的。

有些友人膽子太小，口才又是不佳的話，只有去明洞找了，那裏的「半島酒店Bando Hotel」前面到了晚上有幾百個女人聚集，要找到一兩個美的絕對可能，而且，那是天真的年代，有甚麼事打一兩針盤尼西林即刻解決，不會因為愛滋病而死。

戰後經濟最差時，都是女人出來賺錢，男人們都躲到哪裏去了？這種現象全世界都是一樣。女人，還是最堅強的動物，在最貧窮困苦的時候，都要靠她們來養家。

我們當然比韓國男人佔優勢，至少不會對女人呼呼喝喝。在她們的眼中，我們像是男人看到蘇州女子，是有禮的，是溫柔的，到了午夜醒來，還可以看到她們以愛惜的眼光望着你。

女友是在晚上結識的，到了半夜十二點有戒嚴令，不準在街上遊蕩，喜歡出來飲酒作樂的良家婦女找不到的士回家時，就隨你回酒店過

夜，當然不是每一個都肯，但對她們客氣一點，總有勝數。

歡場女人不是不結交，那是後來的事，工作時的朋友，像申相玉導演，一定會招待我們去伎生館，那是位於山明水秀的高級娛樂場所，伎生並不陪客人睡覺，談談戀愛倒是可以的。

韓國女子最愛有才華的男人，當你指手劃腳地把到世界各地旅行的故事告訴了她們，都會對你另眼相看，有時候還會帶你回家，這時由她們老母做的菜，雖不是甚麼山珍野味，但是傾家蕩產地把所有好吃的東西都搬出來。吃了不知道多少餐，結果都逃之夭夭，沒有當成韓國女婿。

拍電影的工作人員都是刻苦耐勞的，其中有不少女性，化妝梳頭的都是女的，多數長得漂亮，當我們爬上高山時，她們都會自動地替你把重的東西搬上去，又見你工作時不顧身份協助大家時，又愛得你要死。

寒冷的天氣中，她們的雙頰的確紅得像個蘋果，晝夜不分的工作時，一點抱怨也沒有，這時她們更加美麗，加上敬業樂業的精神，我們也愛她們愛得要死。

韓國女人和其他國家的不同，是她們敢作敢愛，愛的時候會用言語表達，不像日本女人那麼不作聲，她們常會大聲地Yobo、Yobo喊了出來，也不怕牆壁那麼薄，鄰房的人聽得到。翌日，若無其事，照樣工作。

俱往矣，當今的韓國女，有些已經像《我的野蠻女友》的主角，但比起其他國家的，還是值得交往，至少不會像美國的男人婆。她們過慣沒有傭人的傳統，會顧家的。

吃的東西都比從前好得多，尤其當今米芝蓮三星的幾家餐廳，是以往吃不到的。可是，還是懷念從前龜背火鍋的廉價牛肉。原汁原味的Kimchi味道始終不變，我對韓國的情懷，也始終不變。

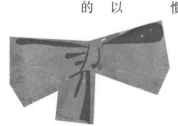

給亦舒的信

亦舒：

多年前，當查先生因心臟重病入院，你在遠方關懷，來信問我一切時，我將過程像寫武俠小說般，記下查先生與病魔大打三百回合報告給你聽。這次心情沉重，多方傳媒要我寫一些或說幾句，我都回絕了，不過在這裏我把這幾天的事寫信給你，當成你也在查先生身邊。

查先生已在養和醫院住上兩個月，兩年來已進出多次，家人對他即將離開做好心理準備，到底是九十四歲了，要發生的事，在中國人說來，已是笑喪。

二〇一八年十月三十日那天，查傳倜來電，說爸爸已快不行了，趕

到養和病房，見查先生安詳離去。這段期間最辛苦的是查太，她對查先生寸步不離，好友們勸她旅行當然不肯，連去澳門半天也放不下心。查先生這麼一走，遺下的一切都由她堅強打理，我們做為朋友的，一點也幫不上忙。

十一月六日在山光道的東蓮覺苑替查先生做頭七，去了才知道跑馬地還有那麼一間古老和莊嚴的建築，是何東夫人張蓮覺在一九三五年建立，已被指定為香港法定一級歷史建築，寺中有胡漢民和張學良寫的對聯。儀式由法師們主持唸經，各人分派一本厚厚的經書，原來要從頭唸到尾，這一唸，就是幾個小時，我不知死活，穿得單薄，冷得個要命，家屬們一直守靈，我最後由張敏儀陪同下早退。敏儀這些日子都在香港，所有儀式都出席，很夠朋友。

再得查太電話，說要我寫橫額，我當然不會推辭。怎麼寫，要我和主辦花卉事務的國際插花藝術學校校長黃源喜聯絡，黃先生說用日本紙，我一聽就知道他指的是日本月宮殿，是我最討厭的白紙了，但已不是爭辯是否用宣紙的時候，照聽就是，寫些甚麼？用倪匡兄想出來的「一覽眾生」。很多人不明白，倪匡兄也寫了一張紙條給查太，解釋這是查先生看通看透了人間眾生相，才有此偉大著作。

旁邊的一幅對聯，是從查府拿到靈堂來的那對《飛雪連天射白鹿，笑書神俠倚碧鴛》當成輓聯。靈堂放滿何止萬朵的白花，按查太要求，以查先生最愛的鈴蘭花為佈置的主花。鈴蘭花英文為谷中百合Lily of The Valley，又有Lady-Tears聖母之淚和天堂梯階Ladder To Heaven之名。黃源喜說此花甚少在喪禮上使用，當今也非當造季節，那麼多花，找來不易，我在進口處還看到開得很大朵很難得的荷蘭牡丹，漂亮之極。據黃源喜說，這回查先生的喪禮，是五十年來最美麗和做得最艱難

的一次。

花是另一回事，難得的是排到出大街的花牌，由習近平、李克強、朱鎔基到香港各界的名人政客，是空前絕後的。馬雲不但在守靈及出殯來了兩次，送上的「一人江湖，江湖一人」對子，很有意思。

黎智英也親自前來拜祭，我在頭七時已得教訓，穿多幾件衣服，哪知還是那麼冷，隔日送殯更冷，可能是我坐的地方對着冷氣的關係，或者是因為死人，非冷不可，九十歲的名伶白雪仙也在靈堂上冒着寒冷坐得甚久才離去，看到家屬們一直不停地守着，更知不易。

最反對的是中國人的葬禮中，親友們前來拜祭，上前一鞠躬二鞠躬三鞠躬之後，家屬還要謝禮，來的人有時三五，有時一人，每次都要站立還禮，至親好友另當則論，阿貓阿狗也要還禮一番，甚是多餘，建議今後在來賓簽名處設一管理，集齊六人以上才上前拜祭一次，不必讓家屬那麼辛苦，我也是過來人，我知道。朋友們來送查先生，都只是三鞠躬，俞琤最為有心，她行的是伏身跪拜之禮。來時一次，走時再跪地一次。

默默然坐在一角，沒人理會的是劉培基，他本來長住曼谷，我問怎麼回來的，他說那邊住得雖然舒服，但是醫生還是香港的好，年紀大了應該回來住，他現年已有六十七歲了，在四十歲生日時，查先生曾經寫過詩送他，他也一直以查哥哥稱呼查先生。劉培基向記者說過，一生人沒甚麼遺憾，只遺憾走的好朋友太多，家裏都是他們的遺照。

葬禮上有紀念冊送給親友，冊上最後一頁，記載了《神鵰俠侶》中的一句話：「今番良晤，豪興不淺，他日江湖相逢，再當杯酒言歡。咱們就此別過。」

十一月十三日那天，一眾親友從殯儀館出來，分車到大嶼山寶蓮禪

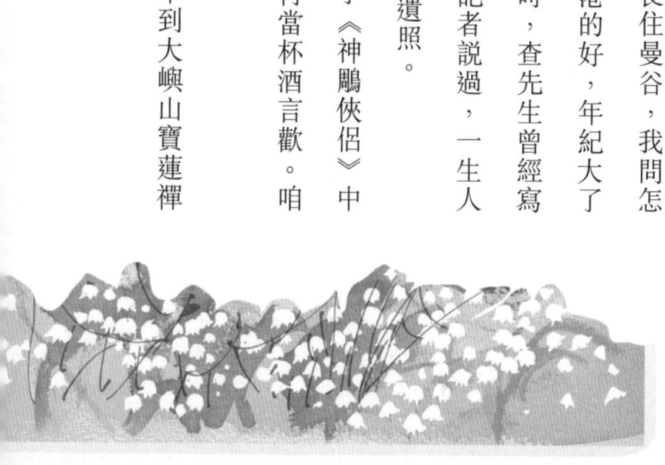

寺海會靈塔火葬，稱為「荼毘大典」，與一般電子點火油渣燃燒的不同，這裏用的是柴火，整個過程要花八個小時才能完成，中途更要加柴助燃，事後由高僧收集骨灰和舍利子。

燃燒時發出濃煙，我們各得檀香木一塊，排隊走過火葬爐，把檀木扔進洞中。張敏儀因眼疾，要不斷滴眼藥水，這次也不顧煙燻痛楚，將整個禮儀行完。

再坐兩個小時的車，經彎彎曲曲的路，從大嶼山回到市區，查太在香格里拉設五桌解穢酒，宴請賓客。其中有一洋人朋友，問我是否吃齋，我回答喪禮後，需吃魚吃肉，沒有禁忌了。洋人又問這是為甚麼，我說甚麼叫世俗？人家做甚麼，我們就跟着做甚麼，這就叫世俗。

再談。

蔡瀾

蔡瀾作品

蔡瀾的緣
草草不工
蔡瀾談日本
蔡瀾再談日本
蔡瀾三談日本
蔡瀾四談日本
蔡瀾五談日本
蔡瀾六談日本
蔡瀾七談日本
蔡瀾八談日本
苦中作樂

蔡瀾續緣
海外情之一：西班牙
海外情之二：印度、泰國
海外情之三：南斯拉夫
海外情之四：澳洲
不過爾爾
忙裏偷閒
玩物養志
附庸風雅
海隅散記
無序之書

放浪形骸
蔡瀾談電影
吐金魚的人
一點相思
蔡瀾隨筆
給亦舒的信
追踪十三妹（上）
追踪十三妹（下）
不修邊幅
給年輕人的信
給年輕人的信（二集）

給年輕人的信（三集）
給成年人的信
客窗閒話
十字街頭
霧裏看花
街頭巷尾
半日閒園
山窗小品
花開花落
痴人説夢
狂又何妨

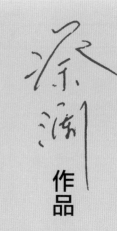

百思不解　一樂也
吶喊，徬徨　二樂也
醉鄉漫步　三樂也
撫今追昔　四樂也
老瀾遊記　五樂也
老瀾遊記（二）　六樂也
老瀾遊記（三）　七樂也
老瀾遊記（四）　八樂也
老瀾遊記（五）　九樂也
老瀾遊記（六）　十樂也
老瀾遊記（七）　秋雨梧桐
老瀾遊記（八）　虛無恬澹
老瀾遊記（九）　抱樸含真
老瀾遊記（十）　夢裏奔波
繡花枕頭　前塵往事

笑話和趣事　老友寫老友（上）
病中記趣　老友寫老友（下）
四位老友　一趣也
雨後斜陽　二趣也
松下對弈　三趣也
淺斟低唱　四趣也
撫琴按簫　五趣也
掃雪烹茶　六趣也
小雨移花　七趣也
倪匡閑話　八趣也
御風而行　九趣也
紅塵深處　十趣也
煙蘿飄飛　蔡瀾食典
蔡瀾的鬼故事（上）　蔡瀾食典（後篇）
蔡瀾的鬼故事（下）　蔡瀾的生活方式（I）

蔡瀾的生活方式（II）
蔡瀾食單1（一至四冊）
蔡瀾食單2（五至八冊）
麻辣愛情
好色男女
蔡瀾談日本珍藏版（盒裝八冊）
蔡瀾世界名饌錄
蔡瀾歎名菜
吾愛夢工場（一）——蔡瀾的電影現場
吾愛夢工場（二）——蔡瀾的電影筆記
蔡瀾笑話
蔡瀾潮晒日本
蔡瀾潮晒台灣
蔡瀾潮晒韓國

人生必去的餐廳
人生必住的酒店
蔡瀾精選原創140字微小説140篇
一妙也
二妙也
三妙也
四妙也
五妙也
六妙也
七妙也
八妙也
九妙也
十妙也
蔡瀾@微博妙答
蔡瀾@微博妙答（2）
蔡瀾@微博妙答（3）

吃喝玩樂——吃
暢敘幽情
獨坐幽篁
花徑不掃
醉弄扁舟
蔡瀾的生財之道
跟住蔡瀾玩+食+買
蔡瀾私塾
蔡瀾美食Guide——尖沙嘴、中上環、灣仔、銅鑼灣及天后篇
蔡瀾家族
蔡瀾家族（貳）
只恐夜深花睡去
雙鬢斑斑不悔今生狂妄
還我青春火樣紅